FARABUTTI PELOSI

UN DETECTIVE CON LE VIBRISSE
LIBRO 4

MOLLY FITZ

PO Box 873543
Wasilla, AK 99687

TRAMA

A quanto pare ho trascurato un po' troppo i miei doveri di assistente legale. D'altronde, in ufficio non posso certo raccontare del mio lavoro segreto di detective che parla con gli animali e che risolve i casi più difficili restando dietro le quinte. Così, hanno assunto uno stagista per 'aiutarmi'...

Ma i soci non hanno capito di aver portato fra noi un perfido criminale. Credetemi: Gattavius riesce a fiutare il puzzo di questo tizio a chilometri di distanza. L'aspetto peggiore? Sono piuttosto sicura che anche lui sia in grado di parlare con gli animali... e di certo non utilizza questa capacità per risolvere crimini e difendere gli innocenti.

Mi sono sempre chiesta come fosse possibile che prendere la scossa da una vecchia macchina da caffè mi avesse conferito un potere sovrannaturale. Ora è il momento di scoprirlo una volta per tutte. In caso contrario, temo che potrei perdere la mia capacità speciale, nonché il mio fidato alleato parlante a quattro zampe che lotta con me in nome del bene.

NOTA DELL'AUTORE

Ciao e grazie per aver scelto questo libro! Anche a te piacciono i cozy mystery con una buona dose di umorismo? Allora saremo ottimi amici!

Cosa ne dici, intanto, di tenerci in contatto sulla mia pagina Facebook? L'ho creata appositamente per i miei fantastici lettori italiani. Vieni a trovarmi su www.facebook.com/raccontimiciosi

Insieme ci divertiremo tantissimo. Gira pagina... e inizia l'avventura!

Ti aspetto nel magico mondo dei gatti.

MOLLY

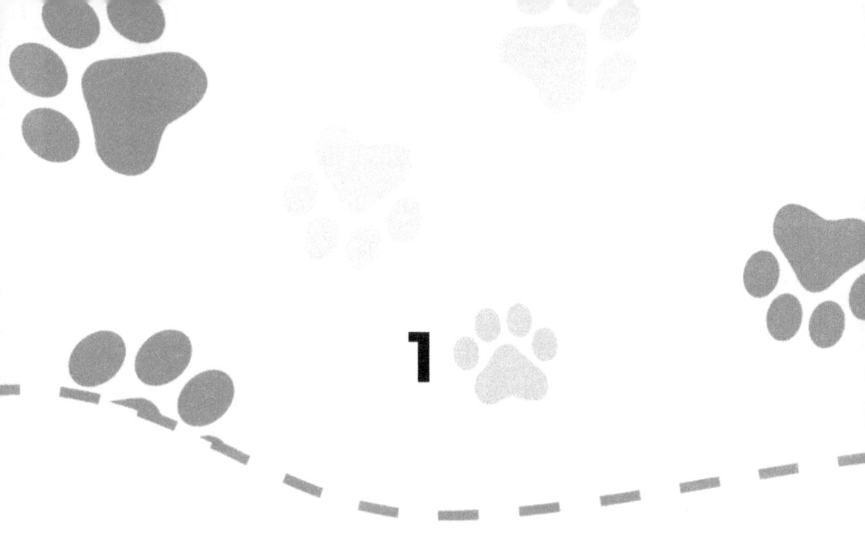

1

Ciao, sono Angie Russo e la mia esistenza è molto più difficile di quanto ci si aspetterebbe per qualcuno che vive in un'antica e lussuosa tenuta nell'East Coast. Beh, in effetti non è proprio mia—è, tipo, più del mio gatto. Dopotutto, è con i soldi del suo conto fiduciario che paghiamo tutte le spese.

Vi potrà sembrare che abbia vinto alla lotteria, ma pensateci bene: la vita non è facile quando hai un gatto parlante che ti comanda a bacchetta un giorno sì e l'altro pure.

Sì, è proprio quello che ho detto.

Il mio gatto sa parlare.

Ovvero, comunichiamo, conversiamo insieme e ci capiamo. Non so come funzioni la cosa, o perché accada; so soltanto che è così. E, anche se vorrei tanto saperne di più, a volte bisogna accettare ciò che ci succede come un dato di fatto. Inoltre, è accaduto tutto troppo in fretta. Una mattina mi sono recata al lavoro senza saper parlare con gli animali; ho preso la scossa da una macchina da caffè guasta, ho perso conoscenza e quando mi sono ripresa—*ta-daa!*—parlavo gattese.

Ho iniziato a considerarlo un evento voluto dal fato, perché sembra proprio che io e Gattavius fossimo destinati a incontrarci. In appena sei mesi abbiamo indagato su tre casi di omicidio, risolvendoli tutti. Suppongo sia per questo che sto pensando di seguire il consiglio di mia madre e avviare un'attività in proprio. È stata lei a soprannominarmi La detective che parla con gli animali, e non perché io voglia che tutti sappiano della mia strana capacità, ma per il fatto che mi serve una scusa per poter portare Gattavius con me quando vengo chiamata per un'indagine.

In fin dei conti, non sarei Sherlock Holmes senza il mio Watson. Ok, lo ammetto: probabilmente, tra i due, Watson *sono io*. Se siete mai stati di proprietà di un gatto, non faticherete a capire cosa intendo dire.

In ogni caso, sono la prima a riconoscere che, da quando Gattavius è entrato a farne parte, la mia vita è cambiata in meglio. Prima mi limitavo a lasciarmi trascinare da una cosa all'altra; ho già collezionato sette diplomi universitari, per via della mia riluttanza a impegnarmi in una singola materia abbastanza a lungo da ottenere una laurea specialistica.

Si potrebbe dire che nessuna delle cose che ho studiato mi sia mai sembrata ciò che faceva davvero per me, ma ho continuato a provarci comunque. Sapevo che il lavoro dei miei sogni era là da qualche parte ad aspettarmi... anche se non sapevo ancora quale fosse.

Vedete, l'eccellenza è un tratto caratteristico della mia famiglia e per molto tempo ho temuto che, nel mio caso, avesse saltato una generazione senza ripensamenti.

Mia nonna, in gioventù, seguì il proprio sogno diventando una stella di Broadway, mentre mia madre è attualmente la miglior reporter dell'intera Blueberry Bay. Anche mio padre svolge il lavoro dei suoi sogni: è cronista sportivo per lo stesso canale per cui lavora la mamma.

Finalmente, dopo tanti tentativi, ricerche, desideri e preghiere, anch'io ho trovato il lavoro che mi calza a pennello: l'investigatrice privata. Quindi, che importanza potrà mai avere se non sono pagata per farlo? Probabilmente potrei essere remunerata, se mi impegnassi con tutta me stessa per avviare un'attività tutta mia.

Ma ho paura di deludere i miei buoni colleghi dello studio *Longfellow, Peters, & Associates*. Oh, giusto. La mia nemica-amica Bethany è finalmente diventata socia, e sono molto orgogliosa di lei. Con lei e Charles al comando so che lo studio legale è in ottime mani, ma... lasciare il mio lavoro per dedicarmi alla libera professione?

È un'idea terrificante.

È vero, al momento lavoro solo part-time, ma quelle venti ore a settimana sono davvero ben spese. So che faccio la differenza, e tuttavia...

Grrr. Finora non mi ero mai fatta grossi problemi a lasciare un lavoro. Perché non riesco semplicemente a dare le due canoniche settimane di preavviso e dire 'Ehilà, a mai più'?

Forse una parte di me desidera ancora capire se io e Charles potremmo avere una possibilità, posto che lui si degnasse di scaricare la sua odiosa fidanzata, l'agente immobiliare. O forse non voglio allontanarmi da Bethany, dopo che ci siamo sforzate così tanto per superare le nostre differenze.

Probabilmente ho anche paura di ritrovarmi giorno e notte a casa in compagnia del mio scontroso tigrato. Certo, ora anche la nonna vive con noi, ma è a me che Gattavius riserva tutti i suoi capricci e le sue lamentele. Beh, suppongo che la cosa abbia senso, dato che sono l'unica che lo capisce.

Di fatto, la vita a volte richiede di prendere decisioni difficili e io non sono mai stata brava in questo, è cosa risaputa.

Forse, se mi prenderò ancora qualche settimana per rifletterci, la risposta giusta mi arriverà come per magia. Sì, mi piace quest'idea.

Finché questo non accadrà, devo solo continuare ad aspettare e pregare di trovare il coraggio di prendermi ciò che voglio. Ma, prima di tutto, devo essere certa di sapere cosa voglio davvero, poi...

Attento a te, mondo! Sono Angie Russo e sto arrivando!

«Sono arrivata e ho portato i muffin!» gridai quella mattina quando feci il mio ingresso in ufficio con dieci minuti di ritardo. Faticavo ancora a calcolare le tempistiche per il tragitto dalla mia nuova casa al lavoro, ma speravo che i dolcetti fatti in casa dalla nonna compensassero i frequenti ritardi.

«*Ehm.*» Qualcuno si schiarì la gola dalla scrivania vicino all'ingresso. La *mia* scrivania.

Mi voltai così in fretta che il bel cestino con dentro i muffin mi sfuggì di mano e i dolcetti rotolarono a terra. In un istante tutto l'impegno della nonna era andato sprecato. Era un bene che cucinare le piacesse così tanto: probabilmente a casa ce n'era già un'altra teglia fumante pronta.

«Lascia che ti aiuti» disse l'estraneo, affrettandosi a offrirmi assistenza, cosa di cui decisamente non avevo bisogno. Lo guardai di sottecchi, rifiutandomi di accettare la sua sgradita presenza. Da quel che potei vedere, era alto e allampanato, con capelli tanto biondi da sembrare quasi bianchi, e spessi occhiali in stile emo.

«Oh, bene» disse Bethany battendo le mani mentre si avvicinava a noi con un sorriso. «Hai già conosciuto Peter.»

«Peter?» chiesi accigliata, mentre il nuovo arrivato mi porgeva la mano in un gesto di saluto. Osservandolo meglio, notai che indossava una camicia sbottonata con sotto una maglietta con su scritto: *Sveglio? Sì. Pronto per lavorare? Ah ah ah!* Magnifico! Il tutto abbinato a pantaloni cargo color cachi spiegazzati. Fulton e Thompson non avrebbero *mai e poi mai* tollerato un abbigliamento del genere. Ok, sapevo che lo studio legale stava molto meglio senza di loro, ma non potevamo proprio cercare di avere un aspetto un po' più professionale?

«Tu sei Angie, vero?» chiese Peter, afferrando uno dei muffin dal pavimento e infilandoselo in bocca con gli occhi sgranati: *«Mmm»* disse indicandolo. «È delizioso!»

Detestavo quel tipo ogni secondo di più, ma Bethany sembrava così emozionata nel presentarci che mi sforzai di sorridere e gli strinsi la mano, nonostante il buon senso mi dicesse di non farlo.

«Peter è il nostro nuovo stagista» mi spiegò lei. «Ti aiuterà nello svolgimento delle tue mansioni.»

«Non mi serve nessun aiuto!» ribattei, ritraendomi bruscamente dalla stretta di Peter, che continuava a tenermi la mano ben oltre il normale tempo richiesto per un saluto educato.

Bethany si accigliò: «Non è propriamente così. È stata dura per tutti da quando sei passata al part-time; ma ora è tutto a posto, perché Peter è la persona perfetta per subentrare e aiutarci ad appianare le cose.»

Come no: il problema ero io che passavo al part-time, non il continuo ricambio di soci senior di quell'anno.

«Quali sarebbero esattamente le sue qualifiche?» chiesi, fissandolo con freddezza.

Peter si ficcò in bocca i resti del magnifico muffin ai mirtilli e borbottò: «Sono suo cugino e mi accontento dello stipendio minimo.»

Bethany gli scoccò un'occhiataccia, mostrandomi che finalmente anche lei era infastidita da quell'individuo. La cosa mi fece sentire un pochino meglio. «Dico sul serio, Peter. Dovresti proprio smetterla di blaterare del tuo stipendio ai quattro venti.»

«Scusa» balbettò lui stringendosi nelle spalle, un gesto che suggeriva che non potesse importargliene di meno.

Che cosa ci faceva lì? Forse non sarò stata l'assistente legale migliore del mondo, ma ero anni luce meglio di quel tipaccio! Probabilmente non aveva nemmeno un diploma. Era tutto sbagliato! Non avrei saputo spiegare precisamente il perché; solo, a pelle, odiavo tutto di quel Peter.

«Aspetta» dissi, notando qualcosa. «Ti chiami Peter Peters? Sembra un nome da supereroe.»

«O da supercattivo» ribatté lui, con un'altra scrollata di spalle e uno strano sorrisetto.

«In ogni caso» disse Bethany, fissandosi i piedi per accertarsi che nessuna briciola di muffin fosse rimasta attaccata alle sue vertiginose *décolleté* di pelle lucida, «questo è il primo giorno per Peter, ragion per cui gli ho chiesto di arrivare un po' prima. Puoi dargli una mano ad ambientarsi e illustrargli i suoi incarichi?»

«Che genere di incarichi?» chiesi. In genere non iniziavo la giornata facendo da babysitter a un fastidioso nuovo assunto raccomandato.

No. Ora avrei dovuto trovarmi nell'ufficio di Bethany, con lei intenta a prepararmi una bella tazza di delizioso caffè salvavita. Per quel che mi riguardava, non avrei mai più toccato una macchina da caffè fino alla fine dei miei giorni, neanche per tutto l'oro del mondo; però, mi piaceva ancora l'energia che mi dava quella bevanda, quando qualcun altro era disposto a sfidare uno di quei macchinari infernali.

«Le cose che fai di solito» rispose Bethany con un gesto altezzoso, già sul punto di girare sui tacchi e andarsene. «Se avete bisogno di me, mi trovate nel mio ufficio. Ho delle riunioni con dei clienti per la maggior parte della mattinata, ma dovrei essere libera verso l'ora di pranzo.»

«Ok, a dopo» dissi, voltandomi verso il mio nuovo sottoposto, rassegnata al fatto che quella sarebbe stata una delle mezze giornate lavorative peggiori di sempre.

Lui sorrise a sua cugina. «Bye-bye caraaaaa!» le gridò dietro salutandola con le dita. Poi si voltò verso di me: «Ok, sono pronto a imparare a diventare te, quando sarò abbastanza grande» annunciò.

Non può averlo detto davvero!

Beh, con buona pace dell'idea di dare preavviso. Non avrei mai e poi mai lasciato il lavoro se fosse stato quel babbeo imbranato a prendere il mio posto di assistente legale. Ah, se solo si potesse fare un cambio di aspetto e personalità come nei film! Avrei scelto una delle mie allegre *jam session* pop anni Ottanta preferite, trascorso qualche minuto a rimettere in sesto Peter *et voilà*. Ma nella vita reale le cose non sono mai così semplici.

«Andiamo a impostare il tuo indirizzo email» dissi con un sospiro, riconducendolo alla mia scrivania che ora, a quanto pareva, dovevamo condividere.

«Bene, bene! Quando mi daranno l'iPhone aziendale?» Faceva ampi cenni con il capo, seguendomi come un'ochetta che si è persa.

«Cosa? E perché mai dovremmo dartene uno?»

«Ehi, sveglia. Per FaceTime.» Unì le mani a formare un rettangolo delle dimensioni di uno smartphone, poi mi fissò attraverso il buco.

E fu in quel momento che passò da irritante a terrificante: FaceTime era l'app che utilizzavo per chiamare Gattavius quando ero al lavoro. Il nostro socio senior, Charles, lo aveva scoperto quando era appena stato assunto e aveva usato quell'informazione per costringermi ad aiutarlo nella difesa di un cliente. Era solo una coincidenza che Peter Peters ne avesse parlato?

O sapeva qualcosa che avrebbe potuto mettere me e il mio gatto in grossi guai?

Oh, quella faccenda non mi piaceva per niente. Neanche un po'.

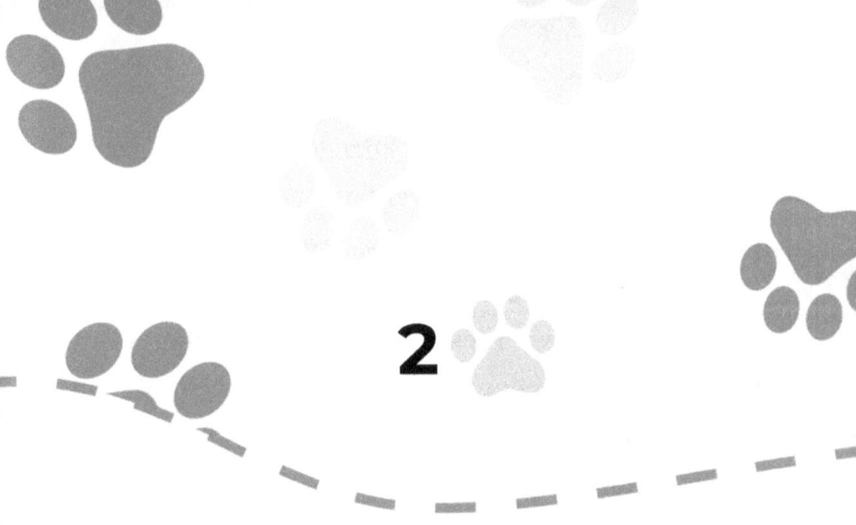

2

Purtroppo la giornata non fece che peggiorare. Peter accolse ogni mia osservazione con sarcasmo, indifferenza o atteggiamenti inquietanti, e in breve dimostrò di non avere neanche un minimo dell'esperienza necessaria per svolgere il lavoro—il *mio* lavoro. Di fatto, mi diede così sui nervi che decisi di scavalcare Bethany e rivolgermi direttamente al socio senior, Charles Longfellow III. Di certo lui avrebbe capito che assumere un elemento del genere sarebbe stato un terribile errore, no?

Ovviamente la situazione fra me e Charles continuava a essere piuttosto complessa. Tanto per cominciare, io provavo, tipo, dei sentimenti romantici irrisolti nei suoi confronti; anche se, negli ultimi mesi, da quando lui aveva iniziato a lavorare per lo studio legale, eravamo diventati buoni amici. Tutto era cominciato quando lui aveva scoperto che riuscivo a parlare con Gattavius e mi aveva ricattata affinché lo aiutassi a scagionare un suo cliente, Brock Calhoun, che è... ehm, ecco... l'altro ragazzo per cui al momento ho una cotta.

Nonostante il ricatto iniziale, Charles è una persona estremamente professionale, nonché un avvocato brillante. Per questo è riuscito a farsi strada così in fretta nella gerarchia dello studio, ed è questo il motivo per cui ero fiduciosa che avrebbe preso la decisione giusta per quanto riguardava Peter. Dopo aver individuato un momento libero nella sua fitta agenda, feci irruzione nel suo ufficio senza preavviso, così sconvolta che dimenticai perfino di bussare.

Oh, quanto vorrei essermi presa un secondo per farlo!

«Angie» disse lui con un sussulto; poi si schiarì la gola e si raddrizzò la cravatta. Era quella che la nonna gli aveva comprato come regalo per l'inaugurazione della casa nuova qualche mese prima: di seta rosso scuro, con un intricato motivo di impronte di zampe bianche, che riusciva a sembrare al contempo elegante e kitsch.

La sua ragazza, Breanne, si districò dal suo

abbraccio e mi lanciò un'occhiata da sopra la spalla, con un sorrisetto soddisfatto. I suoi capelli rosso fuoco stonavano con la cravatta di Charles—tutto di lei stonava con ogni aspetto di lui. Ancora non riuscivo a credere che, tra tutte le donne di Blueberry Bay, avesse scelto proprio *lei*. Ormai stavano insieme da mesi, e iniziavo a pensare che non ci sarebbe voluto molto per vederli all'altare.

Ok, io stessa non conoscevo Charles da molto tempo, ma ero ancora convinta che io e lui saremmo stato una coppia decisamente migliore—nonché più logica. Ma la possibilità di scoprirlo sembrava ogni giorno più remota. *Stupida Breanne.*

«Ci vediamo stasera. Ok, piccola?» disse Charles dopo alcuni istanti di imbarazzo.

«Ti aspetto» gongolò Breanne lasciandosi baciare; poi mi superò, ancheggiando. Vi ho già detto quanto la detesto? Perché la detesto davvero moltissimo.

Charles sospirò e si lasciò cadere sulla sedia di pelle: «Che succede, Angie?»

«Sono spiacente di avervi interrotti» risposi, strofinando il pollice con l'indice nel tentativo di staccare una pellicina che mi dava fastidio da tutta la mattina. Era una mia brutta abitudine, un tic nervoso. La vista di Charles e Breanne intenti a scambiarsi disgustose effusioni aveva cancellato completamente dalla mia mente il discorso che mi ero preparata.

Quindi avrei dovuto improvvisare.

Mi chiusi la porta alle spalle, mi avvicinai e mi accomodai su una delle due sedie per i visitatori davanti alla scrivania di Charles. «Si tratta del neoassunto di Bethany.»

«Peter Peters?» chiese Charles con un lieve sbuffo. «Qual è il problema?»

«Quel tipo non mi piace per niente» dissi apertamente, sperando che Charles capisse senza bisogno che approfondissi la questione. «Non lo voglio qui.»

Charles sospirò: «Neanche a me ha fatto una gran buona impressione. Ma purtroppo ci serve qualcuno che dia una mano.»

«Non potremmo trovare qualcun altro?» piagnucolai, senza curarmi di quanto potessi risultare patetica. Charles doveva capire che la questione andava ben oltre una prima impressione negativa.

Lui aggrottò le sopracciglia e mi fissò con espressione esasperata: «La gente non fa propriamente la fila per lavorare qui da noi, considerando, ehm... la recente storia dello studio.»

Oh, giusto. Il piccolo dettaglio che i soci senior se ne fossero andati uno dopo l'altro in circostanze tutt'altro che esemplari. Tutto il prestigio ottenuto dallo studio dopo la vittoria del caso 'impossibile' di Charles era finito rapidamente nel dimenticatoio quando...

Lasciamo perdere. Meglio concentrarsi sul problema attuale anziché rivangare il passato.

«Se siamo davvero messi così male, potrei tornare a lavorare a tempo pieno per il tempo necessario.» Pronunciai ognuna di quelle parole senza mai smettere di fissarlo negli occhi. «Voglio dire, finché non troviamo qualcuno di più adatto di Peter.»

Charles scosse nuovamente il capo: «Vorrei poterti aiutare, ma Bethany è la mia socia. Ora prendiamo insieme tutte le decisioni. Sono certo che inizierai ad apprezzare Peter, se gli darai una possibilità.»

Mi alzai in piedi e appoggiai le mani sulla sua scrivania, poi mi chinai in avanti avvicinando il viso al suo più di quanto avessi mai osato. Volevo schiaffeggiarlo e baciarlo in egual misura. *Stupido Charles.*

«Credo che sappia di me. Della mia capacità speciale.» Spalancai gli occhi, rifiutandomi perfino di sbattere le palpebre finché non fossi stata certa che avesse capito.

«Di te e...» Deglutì forte prima di proseguire. «... degli animali?» Annuii; lui si lasciò andare contro lo schienale della poltrona ed emise un profondo respiro. «Questo non va affatto bene.»

Mi tirai su, torreggiando su di lui in tutta la mia altezza. Indipendentemente quelli che potevano essere i miei sentimenti nei suoi confronti, io e Charles avevamo sempre visto le cose allo stesso modo. Sapevo che avrebbe capito. Che avrebbe trovato il modo di proteggermi.

Finché non disse...

«Tuttavia, non è possibile. Sono certo che sia solo una tua impressione.»

«Una mia impressione?» sbraitai, mettendomi una mano sul fianco. «Non dirai sul serio!»

Lui rivolse lo sguardo verso la parte opposta della stanza, anziché guardarmi negli occhi: «Che cosa vuoi che faccia, Angie? Che lo licenzi per un sospetto? Su qualcosa che non ha niente a che fare con il lavoro che facciamo qui, tra l'altro.»

Mi spostai rapidamente per intercettare il suo sguardo. Io non ero uno stupido problema che poteva ignorare. Ero una persona, e avevo un problema che richiedeva una soluzione soddisfacente. «Sì, è esattamente quello che voglio che tu faccia!» mi ritrovai a gridare.

Lui si schiarì nuovamente la gola e rivolse lo sguardo alla tastiera del computer: «Sono spiacente, ma non posso. Non senza un valido motivo per mandarlo via.»

Incrociai le braccia sul petto come per difendermi e marciai verso la porta.

C'erano molte cose che avrei voluto dire e fare – prima fra tutte licenziarmi su due piedi – ma mi limitai a uscire senza aggiungere altro.

Dovetti fermarmi bruscamente per evitare di andare a sbattere contro Peter, che se ne stava proprio di fronte alla porta dell'ufficio di Charles, intento a mangiare una mela Granny Smith. «Stai cercando di liberarti di me?» chiese con espressione imperscrutabile, lo sguardo fisso sul frutto nella sua mano. «Non è molto caloroso come benvenuto.»

«Che cosa ci fai qui?» chiesi, lanciandogli un'occhiataccia.

Peter diede un altro morso alla mela, e uno schizzo di succo mi colpì la guancia. Lui allungò la mano per asciugarlo con il pollice, ma io balzai fuori dalla sua portata.

Quando ebbe inghiottito il boccone, sorrise e disse: «Tu perché credi che sia qui? Per avvicinarmi a te, Angie. Per scoprire i tuoi segreti e rivelarli al mondo intero.»

Feci un passo indietro, con il panico che mi stringeva il petto in una morsa di ferro. Riuscivo a malapena a respirare, figurarsi dire qualcosa in risposta a parole come *quelle.*

Peter colmò la distanza fra noi e mi appoggiò una mano pesante sulla spalla. Un sorriso gli attraversò il volto, poi scoppiò a ridere: «Accidenti, hai proprio bisogno di imparare a darti una calmata. Ti sei davvero bevuta quelle baggianate?» Scosse il capo come se avesse a che fare con un'imbecille. «Sono qui per fare un po' di soldi e dare una mano a mia cugina. Ok? Dico sul serio, Angie.»

Continuò a ridere mentre mi precedeva alla nostra scrivania.

Rimasi inchiodata dove mi trovavo mentre lo guardavo allontanarsi, incapace di muovere anche solo un muscolo. Quanto poteva aver sentito Peter della mia discussione con Charles? E quante cose sapeva già? E soprattutto, perché?

E come?

Se lui era sulle mie tracce, era più che probabile che non fosse l'unico. Forse era solo un tirapiedi, e il vero malvagio doveva ancora palesarsi o rivelare il proprio piano. Io non avevo mai fatto del male a nessuno ed ero diventata sempre più cauta nel tenere nascosta la mia capacità speciale.

Se qualcuno fosse stato sulle mie tracce, cosa avrei potuto fare per tenere al sicuro Gattavius e me stessa?

E perché qualcuno avrebbe voluto farci del male o spaventarci, come suggerivano gli atteggiamenti di Peter?

All'improvviso, ebbi la sensazione che nessun posto fosse sicuro. Che, anche se fossi fuggita, là fuori ci sarebbe sempre stato qualcuno che sapeva, che aveva sempre saputo.

Cosa dovevo fare?

3

Quel giorno le ore in ufficio mi sembrarono non passare mai. Ma anche quando me ne andai, frapporre una distanza fisica tra me e Peter servì a poco per calmare i miei nervi a pezzi. Per l'intero tragitto in auto continuai a guardarmi alle spalle, aspettandomi, in parte, di vedere Peter che mi seguiva con un vecchio catorcio. Sapevo di non avere nessuna prova concreta, ma qualcosa nella mia testa urlava che era lì per arrivare a me e che presto sarebbe accaduto qualcosa di brutto.

Di terribile.

Certo, era possibile che fosse solo un tipo un po' strambo e del tutto innocuo, il cui obiettivo era semplicemente farsi quattro risate a mie spese. Era del tutto plausibile. Tuttavia...

Da quando avevo preso la scossa dalla vecchia macchina da caffè e mi ero risvegliata con la capacità di comunicare con Gattavius, anche il mio intuito si era affinato parecchio. Ovviamente a volte succedeva che mi sbagliassi, ma per lo più capitava quando le emozioni mi offuscavano il giudizio. Ma quando mi fermavo ad ascoltare la vocina interiore, essa mi guidava dritto alle risposte che cercavo.

E ora quella vocina era ormai rauca a furia di gridare per ore *stai attenta*.

Per quanto detestassi ammetterlo, non si trattava solo di Peter che mi fregava il lavoro e incasinava la situazione in ufficio. Si trattava di tenere al sicuro coloro che amavo, e ora questo includeva il gatto tigrato che era entrato nella mia vita, sconvolgendola più e più volte. Com'era possibile che una persona che avevo appena incontrato fosse a conoscenza di questioni così private che esitavo a condividere con chiunque?

Come poteva Peter aver scoperto il mio segreto quando pochissime persone ne erano a conoscenza, e la maggior parte di esse erano i miei familiari?

Voglio dire, ok, Charles lo sapeva ma, nonostante la risposta deludente di oggi, mi fidavo di lui e sapevo che non lo avrebbe detto ad anima viva. Questo significava, forse, che qualcun altro allo studio legale aveva scoperto tutto? Di tanto in tanto mi capitava di parlare con il mio gatto quando c'era altra gente, ma chi mai sarebbe saltato alla conclusione che riuscissimo a capirci? La reazione più normale era dare per scontato che fossi matta da legare. E la cosa non mi dava fastidio perché non era poi tanto lontana dalla verità.

Svoltai nel vialetto appartato che conduceva alla mia immensa proprietà al limitare del bosco. Il sole estivo splendeva alto nel cielo, e i giardini erano in fiore, all'apice dello splendore. Sotto molti punti di vista, la mia vita era praticamente perfetta: una tenuta da sogno, una famiglia meravigliosa, un gatto magnifico e una bella rendita mensile proveniente dal suo fondo fiduciario. Allora perché non riuscivo a non preoccuparmi per quel Peter?

«Sembra che tu abbia avuto una giornata pesante» disse la nonna, salutandomi sulla porta quando entrai giusto in tempo per il pranzo appena pronto. Ogni giorno, lei e Gattavius mi aspettavano nell'ingresso quando tornavo dal lavoro. La nonna mi riservava sempre una parola gentile e un abbraccio, a volte una battuta.

Gattavius, invece, di solito esprimeva delle lamentele. Quel giorno si stiracchiò le zampe, mettendo in mostra gli artigli acuminati, e gemette: «Non c'è abbastanza sole oggi. È difficile attenermi al mio programma quando i miei posticini caldi preferiti svaniscono a metà mattina.»

Ignorai le sue lamentele, soprattutto considerando che durante il tragitto di ritorno non avevo visto l'ombra di una nuvola: «Spiacente, non posso farci niente.»

A dire la verità, era da un po' che meditavo di comprargli una lampada riscaldante, proprio per via della frequenza di quella specifica lamentela, ma mi sembrava di premiare un comportamento scorretto. Oh, ma chi pensavo di prendere in giro? Era solo questione di tempo prima che capitolassi. Dannazione. Magari gliene avrei regalata una per Natale. Quel giorno, in ogni caso, avevo altre preoccupazioni.

Trassi un profondo respiro mentre mi dirigevo con la nonna verso la cucina, dalla quale giungeva un profumino delizioso. Da quando ci eravamo trasferite, un paio di mesi prima, lei si era incaricata di cucinare tre pasti completi al giorno, scoprendo, forse un po' tardivamente, la passione per l'arte culinaria, ma profondendoci un sacco di entusiasmo e, per mia fortuna, mostrando un notevole talento.

«Zuppa di cipolle francese» mi rivelò con gli occhi

che le brillavano e che sembravano diventare sempre più grandi e lucenti man mano che parlava. «Siediti, te la servo subito.»

Avrei voluto darle una mano, in modo che si prendesse qualche minuto di pausa, ma lei mi scacciava sempre dalla cucina dicendomi di tenere a freno l'impazienza, altrimenti, prima o poi, avrei finito per cacciarmi in guai seri.

«Perché sei così giù di corda?» mi chiese, appoggiandomi davanti una ciotola di zuppa fumante, per poi tornare in cucina a prenderne una seconda per sé. La nonna sapeva sempre quando c'era qualcosa che non andava. Aveva anche lei il dono dell'intuito, ma sospettavo che derivasse più dal ruolo di madre che da uno scontro quasi fatale con una macchina da caffè o da qualche altra esperienza sovrannaturale.

«Hanno assunto uno stagista» spiegai, immergendo il cucchiaio nello spesso strato di formaggio fuso e riempiendolo di brodo, per poi infilarmelo in bocca con un sospiro di beatitudine. *Mmm.* Delizioso.

La nonna sorrise vedendo quanto apprezzavo il manicaretto che aveva preparato. Tuttavia, anziché assaggiarla lei stessa, appoggiò le mani unite davanti a sé e disse: «Beh, suppongo che non ci importi poi molto di questa persona.» Questa era un'altra cosa che amavo della mia cara, dolce nonnina: stava sempre dalla mia parte. Non le serviva neanche un singolo dettaglio per gettarsi nella mischia e combattere al mio fianco. Caspiterina, un paio di mesi prima aveva colpito più volte un'agente di polizia che aveva cercato di arrestarmi.

«E invece ci interessa parecchio» risposi, raccogliendo una seconda cucchiaiata di nettare celeste, questa volta con tanto di formaggio e pezzetti di cipolla. «Non solo è una persona spaventosa, ma credo che sappia di me. Di quello che sono in grado di fare.»

La nonna scosse il capo e risucchiò l'aria fra i denti: «Questo non va bene. Neanche un po'.» Infine, immerse il cucchiaio nella zuppa, decidendo di iniziare con un crostino intriso di brodo.

«Cosa facciamo?» chiesi, una volta finita la telecronaca di quella terribile giornata.

«Quel Charles si merita una bella lavata di capo» disse la nonna con una smorfia. «Dopo tutto quel che abbiamo passato insieme, non si degna di spalleggiare una buona causa.»

Mi strinsi nelle spalle e lasciai affondare il cucchiaio nella ciotola; ci fu un rumore acuto quando la posata colpì il fondo. «Non so. Forse ho solo preso tutto troppo sul serio.»

«Ehi, non è così che ti ho cresciuta!» La nonna

aveva alzato così tanto la voce da farmi sussultare per la sorpresa. «Non ci scusiamo per le nostre emozioni, e non le sminuiamo. Non siamo dei robot, chiaro?»

«Chiaro» concordai con un sospiro. «Allora cosa dovrei fare con Peter Peters e le sue stranezze?»

Gattavius saltò sul tavolo e lo percorse, mantenendosi proprio al centro. Mentre si muoveva, alcuni peli si staccarono dal suo folto mantello e un paio finirono dritti nella mia zuppa. E con questo, il mio pranzo era andato.

«Se permetti» disse con modi sontuosi, fermandosi proprio di fronte a me e puntandosi una zampa al petto, «credo di avere la soluzione al problema.»

«Ha detto che ha un'idea» riferii alla nonna, che sorrise in attesa di saperne di più. Le piaceva guardarci parlare, anche se le serviva aiuto per capire cosa dicesse Gattavius.

«Non *un*'idea» mi corresse lui con uno sbuffo. «*L*'idea.»

«Ok, di che si tratta?» domandai, impaziente. Talvolta i suoi atteggiamenti teatrali erano adorabili, ma non in quel caso: al momento ero troppo stressata per starmene seduta a guardare lui che dava spettacolo. Mi serviva una soluzione concreta, e subito.

«Devi mettere un gatto randagio sulle tracce di

quel tizio» disse il tigrato, come se fosse la cosa più lapalissiana del mondo.

Ovviamente, le sue parole non avevano alcun senso per me.

«Puoi spiegarti, per cortesia?»

«Un gatto randagio. Non che io lo sia mai stato.» Rabbrividì e frustò l'aria con la coda. «Ma ne ho visti abbastanza da conoscere il loro *modus operandi*. Sono creature libere, senza padroni, ed è così che hanno deciso di vivere. Ma un gatto può stufarsi di mangiare spazzatura, quando potrebbe gustare delizioso Sheeba, no? Così, a volte, se c'è un umano nelle vicinanze, si rassegnano a sollevare la coda, a miagolare in modo suadente e a fare gli occhi dolci. È straziante dover fingere con gli umani—davvero, lo so *per esperienza*—ma vale la pena sopportare qualche momento di imbarazzo per riempirsi ben bene la pancia. Capisci?»

Ci riflettei su per qualche istante, ignorando il fatto che, probabilmente, mi aveva appena insultata. Spesso mi ci voleva un po' a capire i suoi ragionamenti basati su analogie con il comportamento felino, ma in genere si rivelavano ottimi consigli. Riferii le sue parole alla nonna, che sembrò cogliere il punto all'istante, senza nemmeno aspettare che finissi di parlare.

Annuì in direzione di Gattavius per fargli capire che approvava, poi si rivolse di nuovo a me con una fierezza tutta nuova che le faceva luccicare gli occhi: «Ha ufficialmente inizio l'operazione *Trasforma il nemico in amico*» disse con una voce bassa e roca che supponevo appartenesse al suo personaggio da dura.

Tuttavia, per quanto desiderassi scoprire cosa sapeva Peter e, ancor più, cosa voleva, non ero certa che sarei riuscita a fingermi gentile con qualcuno che detestavo così tanto.

Nonostante la nonna, in gioventù, fosse stata una stella di Broadway, io non avevo ereditato neanche un briciolo del suo talento per la recitazione. Quindi come avrei fatto a ingannare Peter in modo da fargli svelare le sue motivazioni più recondite?

4

Vorrei poter dire di essere rimasta sorpresa quando, il giorno dopo, la nonna si presentò in ufficio indossando un abito di satin nero con coprispalle abbinato ma, in realtà, la cosa mi stupì ben poco. Sembrava pronta a partecipare a un elegante ballo in società e, al contempo, a derubare gli ospiti e sgattaiolare via. Inoltre, si era truccata molto più di quanto facesse di solito, per adattarsi a quello stile audace. Già: lunghe righe di eyeliner e ombretto scuro completavano il look.

Sapevo che di tanto in tanto provava nostalgia per i tempi d'oro in cui cantava, ballava e recitava sui palchi di Broadway mettendoci tutta se stessa, ma a volte si spingeva un tantino troppo oltre nella quotidianità di Blueberry Bay. Ricordavo ancora con affetto il body a quadretti bianchi e neri che aveva indossato per accompagnarmi all'esame di guida, e il cappellino e l'abito che aveva sfoggiato in occasione del mio diploma. Probabilmente il suo guardaroba si estendeva fino a Narnia per contenere tutti gli outfit incredibili e pazzerelli che vi nascondeva—fino al momento in cui arrivava l'occasione giusta per sfoggiarli.

Mi sentivo in imbarazzo? No, neanche un po'.

Volevo un mondo di bene alla nonna e da molto tempo non sentivo più il bisogno di scusarmi per i suoi comportamenti eccentrici. Erano parte di lei tanto quanto il suo gran cuore, la generosità e il carattere affettuoso, e io non avrei scambiato nessuno di questi aspetti per niente al mondo. E tuttavia, mi chiedevo che asso nascondesse nella manica o, più precisamente, nelle mani guantate fino al braccio.

«Buongiorno, miei cari amici di *Longfellow, Peters and Associates*» dichiarò la nonna, passeggiando per l'ufficio come se fosse di sua proprietà. Teneva in mano una teglia di vetro a chiusura ermetica, che si affrettò ad aprire, rivelando delle sfogliatelle alla mela appena fatte.

Ovviamente *alla mela*, perché le avevo raccontato dello spaventoso incontro con Peter davanti all'ufficio di Charles il giorno prima. Quello che non avrei saputo dire è se tutta quella messa in scena fosse un giochetto di potere o piuttosto un modo di ingraziarsi il nuovo arrivato come parte della cosiddetta operazione *Trasforma il nemico in amico*.

Quando si trattava di lei, non potevi mai sapere cosa passasse in quella testolina eccentrica.

«Ciao nonna» dissi, alzandomi dall'angolino della scrivania che dividevo con Peter e che avevo reclamato come mio spazio personale. «Cosa ci fai qui?»

Peter rimase seduto, ma continuò a fissarci, rivolgendo alla nonna un bel sorriso.

«Ciao, tesoro.» Lei mi baciò al volo sulle guance, anziché abbracciarmi come faceva di solito, a ulteriore dimostrazione che quel giorno aveva deciso di interpretare un personaggio. Perfino la sua voce era più maestosa e sicura, e riverberava fino agli angoli più remoti della stanza.

«Beh, ovviamente sai che sto preparando una cena di gala da favola per la fine del mese. Ho deciso di provare in anticipo alcuni abiti e ricette per restringere un po' le scelte, e devo darmi una mossa, perché il gran giorno si avvicina inesorabile.» Fece una pausa e chinò il capo, dopo avermi fatto l'occhiolino di soppiatto. «Ora dimmi. Come sto?»

Fece una giravolta lenta e aggraziata, come se non ci fosse niente di imbarazzante per nessuno dei tre ad assistere a una scena simile in ufficio. Sapevo che era proprio questo a renderla una grande attrice: il modo in cui viveva ogni singolo ruolo come se fosse assolutamente reale. Poco ma sicuro, quel giorno stava inscenando una versione farsesca di sé, ma questo non le impediva di calarvisi al cento percento.

«Stai benissimo» dissi con un ampio sorriso. Non sempre approvavo i suoi metodi, ma dovevo ammettere che non c'era nessuno a cui volessi bene quanto a lei, neanche lontanamente.

«Grazie» disse con fare cerimonioso. «E ora, che mi dici di questi?» aggiunse mettendomi sotto il naso il vassoio di dolci con un'espressione di disperato bisogno.

Scelsi un dolcetto dalla cima della pila e ne presi un morso: «Assolutamente delizioso!» risposi in tutta onestà, dopo aver inghiottito la perfetta miscela di dolce e acidulo. Una parte di me desiderava che avesse scoperto la passione per la cucina quando ero più giovane, in modo da goderne i frutti più a lungo. Tuttavia, il mio punto vita la pensava diversamente: nel corso dell'ultimo mese ero già passata a una taglia in più di pantaloni, e non avevo nessuna intenzione di aumentare ancora.

La nonna si acciglio e la sua voce si ridusse a un borbottio imbronciato: «Oh, ma tu mi dici sempre quello che ho bisogno di sentirmi dire. Mi serve un'opinione imparziale.» Si guardò nuovamente intorno, ispezionando la stanza come se non sapesse che Peter era l'unica altra persona presente.

«Ehi, dico a lei!» lo chiamò, il volto che si apriva in un ampio sorriso luminoso quando i suoi occhi si posarono su di lui, che osservava la scena vigile e attento. «Posso contare su di lei affinché mi dia un'opinione onesta? Se accetta, potrà gustare dei dessert gratis.»

Peter balzò in piedi e fece il giro della scrivania per raggiungerci: «Speravo proprio che me lo chiedesse!» Senza attendere ulteriori inviti, afferrò due dolcetti dal vassoio e li mangiò a grandi bocconi, con aria di totale apprezzamento.

«Deliziosi!» disse, a bocca ancora piena. «Dovrebbe assolutamente servirli alla cena di gala.»

La nonna si accigliò di nuovo: «Ma non ha assaggiato tutti gli altri. Come può essere certo che questi siano i migliori?»

Peter ridacchiò e prese una terza sfogliatella di mela: «Se sono tutti così buoni, non ha proprio niente di cui preoccuparsi.»

La nonna appoggiò una mano guantata sul braccio di Peter e l'altra sul mio: «Oh, mi è venuta un'idea!» Gli occhi le scintillavano carichi di promesse, anche se non avevo dubbi che fosse arrivata in ufficio con un copione ben preciso, scritto e imparato a memoria. «Le dispiacerebbe fare un salto da noi più tardi per provarne altri e darmi la sua opinione su quali siano i migliori?»

Peter vacillò mentre spostava il peso da un piede all'altro. Quel giorno indossava una t-shirt aderente con stampati sopra un papillon e un colletto di camicia. L'aveva abbinata a jeans neri sbiaditi e a una pettinatura che sembrava quella di uno che si è appena svegliato. «Oh, non so se—»

«Per favooore» lo scongiurò la nonna, rivolgendogli una patetica alzata di spalle. «Questa festa è davvero importante per me. Potrebbe essere l'ultima che avrò l'occasione di organizzare, prima che il buon Dio mi chiami a sé per unirmi al banchetto celeste.»

Accipicchia, si era spinta a tanto. Non riuscivo a credere che fosse arrivata a dire una cosa del genere.

«Oh, va bene. Ok, ci sarò» rispose Peter con uno sguardo perplesso che in breve si trasformò in un sorriso. «Sarà un piacere.»

La nonna ritrovò l'entusiasmo all'istante: «Fantastico. A stasera allora, mio caro. Per le sei?»

Per tutto il tempo che avevano trascorso a parlare, Peter aveva rivolto un sorriso affettato alla nonna, ignorandomi deliberatamente. A quanto pareva, detestava soltanto me. Se non altro, al contrario dei miei colleghi, sapevo che la nonna mi credeva quando dicevo che aveva un atteggiamento ostile nei miei confronti.

Peter annuì e prese altre due sfogliatelle: «Siamo d'accordo.»

«Ottimo» dichiarò la nonna. Poi gli mise la teglia fra le mani: «Perché non si tiene questa come promemoria? Solo, non si guasti l'appetito per stasera!» Allungò una mano e gli diede un pizzicotto sulla guancia; poi, con mio sommo orrore, atteggiò le labbra a un bacio prima di lasciarlo andare.

«Bene, mia cara» disse voltandosi verso di me. «Questo abito sarà anche magnifico, ma non mi lascia abbastanza libertà di movimento per indossarlo per un'intera serata. Se ne torna dritto in boutique!»

Annuii senza dire niente.

Lei lanciò un ultimo sguardo a Peter e gli soffiò un bacio. «Ora devo proprio andare. Angie le darà l'indirizzo. Bye-bye!» E, veloce com'era arrivata, la nonna si dileguò.

Tornai alla scrivania; Peter si lasciò cadere su una delle poltrone imbottite della sala d'attesa, prendendo l'ennesima sfogliatella ripiena. «È stato strano» disse.

Mi strinsi nelle spalle: «Mia nonna è fatta così.»

Lui rimase a fissare il dolcetto che aveva in mano,

poi sgranò gli occhi e se lo infilò in bocca. «È simpatica. Mi piace.»

Gli rivolsi un falso sorriso educato, poi cercai di tornare a concentrarmi sul lavoro.

Ma lui sembrava in vena di chiacchiere: «È un vero peccato che tu non abbia preso da lei» mi informò con un sospiro. «Se fosse stato così, ci saremmo divertiti molto di più a lavorare insieme.»

Finsi di non averlo sentito, ma lui continuò a parlare.

«Tra l'altro, non le somigli nemmeno. Forse hai ereditato qualcos'altro da lei. Qualcosa di diverso dalla personalità e dall'aspetto, intendo. Magari un talento segreto. *Mmm?*» Ridacchiò e si pulì le dita appiccicose sui jeans. «Immagino che stasera lo scopriremo.»

Oh, certo che sì. Il povero Peter non aveva idea di star correndo dritto dritto verso la trappola. La nonna poteva sembrare pazzerella, ma era la miglior investigatrice che conoscessi. Le sue capacità inquisitorie erano sopraffine.

Inoltre, ci saremmo stati io e Gattavius, pronti a cogliere al volo ogni più piccolo elemento sospetto. Peter poteva avere vita facile a prendermi di mira al lavoro, ma casa mia era la mia fortezza, e avrei avuto accanto coloro che mi amavano di più. Nonostante i suoi difetti, sapevo che Gattavius avrebbe fatto tutto il necessario per proteggermi. Anche dopo tanti mesi trascorsi insieme, trovava sempre modi nuovi e terrificanti per sorprendermi.

Peter Peters non aveva la benché minima possibilità di cavarsela.

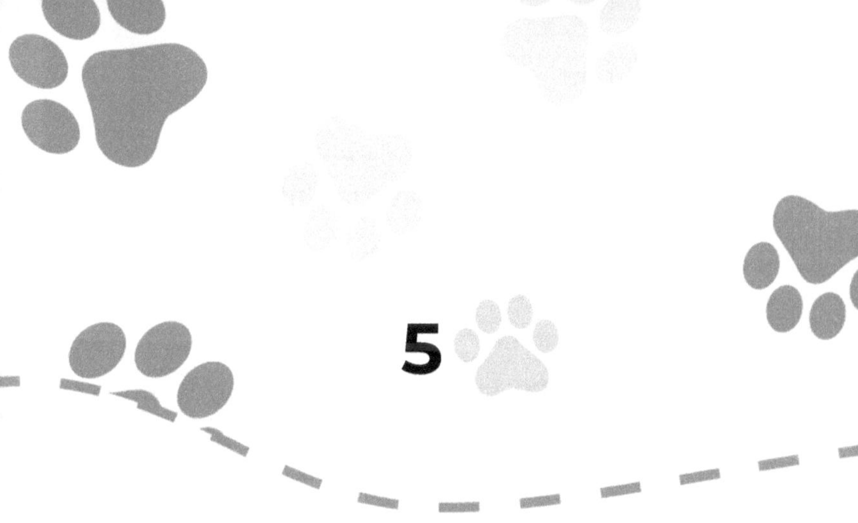

5

La nonna mi mise all'opera nel momento stesso in cui varcai la soglia di casa. Mi lanciò un grembiule e mi incaricò di mescolare la pastella e spianare l'impasto, i compiti in cui avevo meno probabilità di riuscire a combinare pasticci, notai.

«Dobbiamo darci da fare! Si va in scena tra sole cinque ore, e dobbiamo rendere credibile il nostro stratagemma» mi spiegò con un cenno brusco. Si era tolta il vestito di satin nero che aveva sfoggiato in ufficio e ora indossava un grazioso abito di velluto riccio, decorato con draghi cinesi. Aveva sostituito l'ombretto scuro con uno dorato e glitterato e messo in evidenza le guance con il fard come le Kardashian.

«Mi aspetto che anche tu indossi qualcosa di

elegante, mia cara» mi aveva spiegato, osservando il mio dimesso abituccio a fiori con cinturona e i grandi orecchini a cerchio come se si fosse trattato del peggior outfit mai visto sul pianeta.

Gattavius, intento a leccarsi una zampa, rise: «Essere un umano può risultare una vera sfortuna, eh? Un gatto non avrebbe mai bisogno di...» Sgranò gli occhi in modo comico, mentre le parole si perdevano nel nulla.

Seguii il suo sguardo e vidi la nonna, che aveva appena finito di rovistare nel cassetto delle cianfrusaglie. Teneva in mano un papillon rosso e avanzava verso Gattavius con un sorriso ampio e rassicurante, che sembrava però solo aumentare il disagio del felino. «Anche tu, giovanotto! Dobbiamo sfoggiare tutti il nostro aspetto migliore stasera.»

La nonna gli allacciò il papillon al collare con tocco esperto e delicato ma, dalla reazione sproporzionata, pareva che lo stesse strozzando.

«Il mio onore è macchiato per sempre!» gridò Gattavius in lacrime, scuotendosi, rivoltandosi e gettandosi ripetutamente contro il pavimento piastrellato. «Non lo sapete? Sono nato con addosso tutti gli abiti di cui potrò mai avere bisogno. Allora, perché farmi questo? È perfino dello stesso colore di quel maledetto puntino! Avete superato ogni limite!»

Emise un profondo sospiro e si lasciò cadere su un fianco dopo che la nonna ebbe finito. Dovevo ammetterlo: era davvero elegante. Ma non lo avrei mai detto ad alta voce, o mi sarei ritrovata chili di vomito di gatto nel letto.

Invece, mi coprii la bocca con la mano e ridacchiai piano.

La nonna sorrise al tigrato con un'espressione di approvazione: «Molto affascinante» disse, con un tono che mi ricordò il modo in cui si era rivolta a Peter quella mattina.

Gattavius continuò a strillare, a scrollarsi e a gettarsi qua e là per la cucina, fermandosi solo qualche istante per scuotere la testa e bisbigliare: «*Tu quoque*, nonna? Pensavo che mi volessi bene.»

«Forza. Potrebbe andare peggio» gli dissi, continuando a mescolare e mescolare finché la mano non iniziò a farmi male a furia di ripetere quel movimento vigoroso e sempre uguale.

«Non vedo come potrebbe» ribatté il mio gatto, rotolandosi sulla schiena e ondeggiando avanti e indietro nel disperato tentativo di liberarsi del nefasto papillon.

«Beh, tanto per cominciare, dovrai trascorrere del tempo con Peter stasera. Lui è il peggio del peggio» gli spiegai con un sussulto, mentre riappoggiavo il contenitore sul bancone della cucina aprendo e chiudendo la mano. Di certo alla prossima occasione avrei regalato alla nonna un mixer automatico. Mi sarebbe costato parecchio, ma ne sarebbe valsa la pena per salvare le mie povere mani, nonché le sue.

La nonna infilò una teglia nel forno, ma avevamo così tante ricette in preparazione che non avevo idea di quale potesse essere. «Ora, Angie» disse, voltandosi verso di me e agitando un dito. «Se vogliamo che l'operazione *Trasforma il nemico in amico* funzioni, devi attenerti al personaggio.»

«Ehi, non ho mai detto che avrei interpretato un ruolo, e nemmeno lui lo ha fatto.» Con un cenno del capo indicai Gattavius, troppo impegnato a trovare il modo di togliersi il collare per notare che stavo prendendo le sue difese. *Ovvio.*

La nonna fece un verso di disapprovazione: «Se non ci credi tu, come potrà crederci il nostro ospite?» chiese. Poi mi afferrò il polso, catturando la mia attenzione: «È un onore avere con noi Peter stasera. Siamo amici e, come tali, ci scambiamo confidenze senza esitazioni.»

«Tipo cosa sa e come lo ha scoperto?» dissi divertita.

«Precisamente» rispose lei, e sottolineò quella parola colpendomi il grembiule con una spatola gocciolante. «Ma se tu avrai un atteggiamento ostile, non ne caveremo nulla. Potresti ammorbidirti un po', in modo da non essere costrette a ricorrere al piano B, per favore?»

«In che cosa consiste il piano B?» chiesi, mordicchiandomi il labbro in attesa della risposta.

La nonna si lasciò sfuggire una risatina: «Ecco, noi—»

«Sai cosa ti dico? Non importa» la interruppi. Sarebbe stato più facile se non avessi saputo troppe cose anzitempo. In ogni caso, ero una pessima attrice. «Ci sto. Prima scopriamo cosa nasconde Peter, prima potremo finire questa messinscena e liberarci di lui.»

«Questa è la dolce signorina che ho cresciuto!» disse la nonna con una risatina, dirigendosi dall'altra parte della cucina per glassare una gigantesca torta a più strati.

Gattavius si lasciò cadere sui miei piedi, strofinandosi contro le mie calze finché quelle non ebbero praticamente cambiato colore per tutto il pelo che ci aveva lasciato sopra. «Non riesco... a... respirare» esclamò tra sussurri e ansiti. «Sarà così che morirò!»

Mi chinai per accarezzarlo e infilai un dito sotto il collare per accertarmi che non fosse troppo stretto: «È solo per un pochettino» gli assicurai. «Ti prometto che lo toglieremo non appena Peter se ne sarà andato.»

Si alzò a sedere e mosse lentamente la coda, come se stesse riflettendo. Un sorrisetto inquietante gli si disegnò sul musetto peloso: «Allora, prima se ne va, prima riotterrò la libertà?»

Annuii con enfasi. Non avevo idea di come intendesse mettere in pratica quell'idea, ma se dargli corda significava che ci avrebbe dato una zampa, ero più che decisa ad assecondarlo: «Sì, certamente. Nemmeno io lo voglio qui» gli ricordai.

«Allora abbiamo lo stesso obiettivo.» Gattavius si rialzò sulle quattro zampe e strizzò gli occhi con forza. «Ora, se vuoi scusarmi, devo andare a prepararmi.»

Lo guardai trotterellare via, poi andai a lavarmi le mani al lavello per potermi rimettere all'opera. Non c'era alcun bisogno che la nonna sapesse del piano di Gattavius, qualunque esso fosse. In realtà non lo sapevo neanch'io, ma non avevo alcun dubbio che si sarebbe rivelato divertente—se non umiliante. Iniziavo ad avere la sensazione che non avrei avuto bisogno di fare nulla, ora che la nonna e Gattavius erano entrati in azione.

Una volta fatto tutto ciò che potevo per dare una mano in cucina, la nonna mi accompagnò di sopra e mi informò che quella sera avrei indossato l'abito da party rosso a piccoli pois bianchi. Beh, se non altro io e Gattavius avremmo sfoggiato colori abbinati per la grande occasione.

Per ammazzare il tempo, mi spinsi a dipingermi le unghie con uno smalto rosso rubino brillante, immaginando che la nonna avrebbe apprezzato quel piccolo gesto di impegno per calarmi nel personaggio. Quando scesi di sotto, Peter doveva essere appena arrivato. Era nell'ingresso insieme alla nonna e indossava gli stessi vestiti di quella mattina.

«Beh, è piuttosto affascinante» disse gentilmente la nonna mentre esaminava il finto smoking stampato sulla vecchia T-shirt. «Mi piace l'ironia dell'accostamento. Davvero brillante.»

Peter si passò una mano fra i capelli spettinati e le rivolse un sorriso infantile, irretito, come chiunque si ritrovasse oggetto delle attenzioni della nonna.

Anche Gattavius arrivò scendendo le scale di corsa, un bagliore di determinazione che riluceva negli occhi ambrati. «Finiamola qui!» sbottò mentre mi superava.

Andò dritto da Peter e iniziò a strofinarglisi contro le gambe facendo le fusa. Poi si sollevò sulle zampe posteriori e gli diede dei colpetti sul ginocchio con una delle zampe anteriori. Non l'avevo mai visto comportarsi in quel modo. *Era del tutto inusuale da parte sua.* Doveva proprio desiderare disperatamente di liberarsi di quel papillon. Io, invece, avrei dovuto ricordarmi di quello stratagemma in futuro, quando avessi avuto bisogno di convincerlo a fare qualcosa.

«Lei gli piace proprio» disse la nonna facendo l'occhiolino a Peter. «Perché non lo prende in braccio?»

«Sono più tipo da cani, io» rispose Peter esitante.

«Tipo da cani?» chiese Gattavius con orrore. «*Puah*! Mi viene da vomitare. Ma in effetti questo qui è impregnato di puzzo canino. Non mi sorprende affatto.»

Peter trasalì, poi si scrocchiò il collo: «Non dovremmo andare ad assaggiare i dolci? Dopotutto, è per questo che mi avete invitato, no?»

«Certamente, mio caro. Venga.» La nonna lo condusse in soggiorno, mentre io e Gattavius ci trattenemmo nell'ingresso.

«È stata solo una mia impressione o...» iniziai, ma la voce mi si spense. Peter era trasalito alle parole di Gattavius. Ne ero certa, e tuttavia... non era possibile. Era pura follia, non riuscivo a crederci.

«Ha reagito a quello che ho detto!» concordò Gattavius. «Lo penso anch'io.»

«Probabilmente si è trattato solo di una coincidenza» dissi a bassa voce, di modo che Peter e la nonna non potessero sentirmi dalla stanza accanto.

«Ma se non lo è stata...» Gattavius scosse il capo e trasse un profondo respiro. «Ora sono curioso quanto te. Quell'individuo ha qualcosa di strano, e io lo dimostrerò. Andiamo, Angela.»

Corse via e a me non restò che seguirlo senza poter fare nulla, se non chiedermi che cosa avesse in mente ora il mio gatto e se davvero Peter fosse come me. Anche lui aveva preso la scossa da una vecchia macchina da caffè?

Desideravo ardentemente trovare una risposta quella sera stessa, perché se tutta quella messinscena non avesse funzionato, probabilmente non avremmo avuto altre occasioni.

Peter sembrava già all'erta. Aveva forse capito che eravamo sulle sue tracce quanto lui era sulle nostre? E se non voleva essere scoperto, allora perché si impegnava tanto a provocarmi?

Era tutto frutto della mia immaginazione o il mio mondo stava per cambiare per sempre?

Sinceramente non sapevo quale delle due possibilità sarebbe stata la meno peggiore...

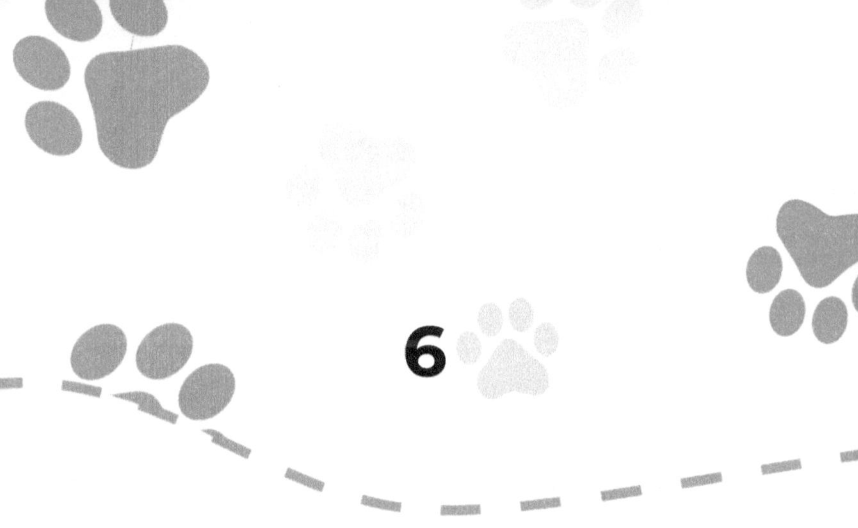

6

La nonna era davvero incantevole con l'abbigliamento che aveva scelto per quella serata. Aveva perfino raccolto i capelli con delle bacchette di giada, realizzando una raffinata acconciatura che si adattava molto bene al suo viso.

Indossava spesso indumenti in stile orientale: ne preferiva infatti le linee morbide e fluide rispetto alla struttura più rigida dei tradizionali abiti occidentali. Tra la sua eleganza e la mia predilezione per gli abiti anni Ottanta, eravamo un'accoppiata formidabile.

Io preferivo la moda anni Ottanta, perché era divertentissima. La nonna, dal canto suo, aveva partecipato a un breve tour all'estero durante la guerra del Vietnam—non come soldato, bensì come artista—e si era innamorata di tutto ciò che riguardava quella parte del mondo. Nel corso degli anni aveva visitato il Giappone, la Cina e la Thailandia, e aspettava con impazienza che io accettassi di accompagnarla in un lungo viaggio in tutti i suoi posti preferiti. Ma io volevo arrivare a conoscermi un po' meglio prima di avventurarmi così lontano da casa. Per fortuna mi ci avvicinavo ogni giorno un po' di più.

Per quanto detestassi ammetterlo, Gattavius mi aveva cambiato la vita, giocando un ruolo fondamentale nel mio recente percorso alla scoperta di me stessa. Avevo la sensazione che a lui fosse capitato lo stesso da quando aveva conosciuto me. Funziona così con coloro che ami: a volte ti fanno letteralmente impazzire, ma ci sono sempre quando ne hai bisogno.

E questa situazione con Peter era la più difficile in cui mi fossi imbattuta da quando aveva avuto inizio la nostra amicizia. Durante le indagini sugli omicidi svolte insieme, se non altro sapevamo con cosa avevamo a che fare, che cosa stavamo cercando. Ma ora? Ora avevamo solo domande su domande. Anche se temevo di scoprire dove ci avrebbero condotto le risposte, se non altro io, Gattavius e la nonna avremmo affrontato la questione tutti insieme.

La nonna attese che io e Peter prendessimo posto a tavola, poi si eclissò in cucina per impiattare le sue creazioni.

«Bella casa» commentò lui girando i pollici. «Come fa una persona come te a permettersi un posto del genere?»

«È casa mia» annunciò Gattavius saltando sul tavolo e appoggiando il posteriore per sedersi proprio di fronte a Peter. «E tu qui non sei il benvenuto.»

«Non dargli retta» dissi, fingendo che tutto fosse perfettamente normale. «È sempre un po' sospettoso nei confronti dei nuovi arrivati.»

«Bel gattino» disse Peter allungando una mano verso il tigrato.

«Se provi a toccarmi, ti do un morso che te lo ricordi per un bel pezzo!» lo informò Gattavius con un soffio.

Peter si ritrasse all'istante. Era per via del soffio o delle parole che lo avevano preceduto? *Mmm.*

«Bravo, umano» disse Gattavius con quel suo tono condiscendente che avevo iniziato ad amare. «Non svegliare la tigre che dorme, se non vuoi perdere qualche dito. È così che si dice, giusto?» Piegò il capo di lato e frustò l'aria con la coda, mantenendo per tutto il tempo gli occhi fissi su Peter senza nemmeno sbattere le palpebre.

L'uomo rise nervosamente: «Allora Angie, da quanto tempo lavori per—?»

«Non parlare con lei.» Gattavius balzò in piedi e

lo fissò dall'alto in basso, con le orecchie piegate all'indietro contro la testa. «Parla con me. Chi diavolo sei, e perché sei un tale rompiscatole? *Eh*, grosso idiota? Ti sembra una bella cosa prendere di mira la mia umana?»

Peter si accucciò contro lo schienale della sedia in più lontano possibile dal tigrato e mi guardò con grandi occhi imploranti: «Ehm, magari potremmo chiudere il gatto da qualche parte mentre sono qui? Temo di essere allergico.»

«Più che altro terrorizzato, direi» commentò Gattavius, sottolineando quelle parole con la sua classica risata da malvagio. Non avevo mai visto Peter così scosso. Ok, lo conoscevo da poco, ma sembrava davvero che capisse ciò che diceva il mio gatto.

«Oh, non preoccuparti di lui. È innocuo» dissi con una scrollatina di spalle sprezzante.

Gattavius soffiò di nuovo: «Oh, Angie non ha la minima idea di quanto io possa essere pericoloso» disse a Peter con un sordo brontolio.

«Chi è pronto per dei dolcetti paradisiaci?» canticchiò la nonna facendo ritorno in soggiorno. Portava con sé un vassoio d'argento su cui varie delizie erano state sistemate ad arte ed era del tutto inconsapevole di ciò che aveva fatto Gattavius durante la sua breve assenza.

Sgranai gli occhi, spostando lo sguardo da lei al gatto, nel tentativo di farle capire che lui era all'opera, ma lei sembrò non cogliere.

«*Bon appétit!*» gridò, appoggiando il vassoio fra me e Peter.

«Hanno un aspetto fantastico!» Peter non perse tempo: afferrò un dolcetto di pasta sfoglia e se lo infilò in bocca con avidità.

«Sai cos'è davvero fantastico?» chiese Gattavius, mantenendo lo sguardo fisso su di lui. «Le mie barzellette! Dico sul serio. Ti sfido a non ridere.»

Scelsi una mini cheesecake dal vassoio, in attesa di vedere cosa sarebbe accaduto. Di solito le barzellette di Gattavius erano terribili, ma Peter non mi sembrava una persona dal senso dell'umorismo sofisticato.

«Ok, senti questa.» Gattavius si sedette di nuovo, questa volta sul bordo del tavolo in modo che Peter dovesse spostarsi per evitare di toccarlo. «Come viene definito un cane con il cervello? Qualcuno lo sa? Qualcuno lo sa?» Fece una pausa per guardarsi intorno. «No, non lo sa nessuno. Ok, ve lo dico io. *Gatto!*» gridò scoppiando in una risata isterica, mentre Peter cercava di fare due chiacchiere con la nonna. Osservai l'intera scena in silenzio, affascinata, sorridendo tra me alla vista di Peter che si sforzava di mantenere il contegno. Poco ma sicuro, non gli piaceva assaggiare un po' della sua stessa medicina, povero diavolo.

Gattavius sbadigliò: «Questa non ti è piaciuta. *Mmm*, ok. Ne so molte altre.» Attese che Peter prendesse un altro boccone, poi chiese: «Qual è la differenza tra un cane e il vomito di gatto?»

Sembrò che a Peter il dolce stesse andando di traverso, ma si riprese in fretta.

«Uno è un disgustoso mucchio di viscidi escrementi, l'altro è solo vomito di gatto. *Ah!*» Gattavius si lasciò cadere su un fianco e strofinò la schiena sul tavolo, come faceva spesso quando si trovava in giardino fra l'erba appena tagliata. Si stava proprio godendo il momento. Provocare qualcuno che se lo meritava sembrava piacergli moltissimo.

Mi sfuggì una risatina, che attirò l'attenzione di Peter e della nonna.

«Va tutto bene, cara?» chiese lei, interrompendo la conversazione con il nostro ospite. Ero così concentrata sulle pagliacciate di Gattavius da non avere la più pallida idea di cosa stessero parlando.

«Sì» risposi in fretta. «Trovo solo divertente che Gattavius si sia autoinvitato alla nostra festicciola. Sembra proprio attirato da te, Peter.»

«Eh già.» L'uomo si scrocchiò le nocche e distolse lo sguardo.

«Pubblico difficile» borbottò Gattavius percorrendo ancora una volta il bordo del tavolo. «Per fortuna mi sono tenuto la migliore per ultima. Ok, chi sa dirmi qual è il colmo per un cane? Nessuno? Fare un giro al mercato delle pulci!»

A quelle parole Peter sbuffò e poi, finalmente, scoppiò in una sonora risata. *Beccato*!

Balzai in piedi e gli puntai un dito contro: «Lo sapevo! Sapevo che capisci quello che dice!»

Peter impallidì e fece cadere il dolce che teneva in mano: «Non so di cosa stai parlando...»

«Ok, si che lo sai, dolcezza!» sbottò la nonna. «Fine della commedia.» Ero piuttosto certa che la nonna non sapesse di cosa stavamo parlando, ma era bello avere un'alleata. Si alzò in piedi anche lei e restammo entrambe a fissare Peter.

«Chi sei e perché sei qui?» chiesi.

«Mi avete invitato voi» balbettò lui, confuso e irritato in egual misura. «Ma se non sono più il benvenuto, me ne vado subito.» Spinse all'indietro la sedia e si avviò alla porta, ma Gattavius spiccò un balzo e gli affondò gli artigli nella spalla, aggrappandosi per non cadere, mentre l'uomo allampanato cercava di scacciarlo.

«Oh, ma che diavolo...?» strillò Peter continuando ad agitarsi e scrollarsi. Ma Gattavius si rifiutò di mollare la presa.

«Di' che riesci a capirmi» soffiò ferocemente il felino. «Ammettilo.»

Peter non disse nulla e Gattavius affondò gli artigli ancor più in profondità. Piccole gocce di sangue comparvero sul collo di Peter, macchiandogli la maglietta.

«Ahia! E va bene!» gridò l'uomo. «Capisco quello che dici. Ora smettila.»

Gattavius saltò giù e corse dalla nonna, che si era accomodata sul nostro antico divano in stile vittoriano per gustarsi meglio l'intera scena. «Questo è l'atteggiamento giusto» disse lei a Peter. «Ormai temevo che avremmo dovuto legarla per convincerla a confessare.»

«Cosa volete da me?» chiese lui, passandosi una mano sui graffi con aria accigliata e sconfitta.

Attraversai la stanza e mi fermai di fronte a lui con le braccia incrociate sul petto: «Cosa vuoi *tu* da *me*? Sei tu che hai iniziato!»

«Sospettavo che potessi essere come me» spiegò con la voce stridula e nasale che ero arrivata a detestare negli ultimi due giorni. «Ed è evidente che avevo ragione.»

Scossi il capo, rifiutandomi di ammettere alcunché: «Allora perché provocarmi a quel modo?»

«Perché no? Volevo solo divertirmi un po'.»

«Vuoi che lo graffi di nuovo?» mi chiese Gattavius precipitandosi in mia difesa.

Peter si raggomitolò su se stesso per difendersi, proteggendosi con le braccia: «No, ti prego!»

«Devi dirmi ciò che sai e devi farlo ora» gridai, torreggiando su di lui.

La sua voce mi giunse attutita: «Oppure cosa? Mi aizzerai di nuovo contro il tuo gatto?»

Inclinai il capo e sorrisi a Gattavius che era balzato al mio fianco, pronto a entrare in azione.

«In effetti, è proprio quello che farò» dissi, strattonando le braccia di Peter in modo che tornasse a guardarmi negli occhi: «Ora hai intenzione di parlare o no?»

Peter scosse il capo: «Non qui.»

Rivolsi un cenno a Gattavius e lui fece un passo verso Peter: «Hai il diritto di rimanere in silenzio» disse. «E io ho il diritto di difendere l'indifendibile.»

Indifendibile? Ahi! Ero piuttosto certa che stesse solo citando una frase della sua serie preferita, *Law & Order*, ma, data la situazione, non suonava comunque bene.

«Parlerò. Davvero!» strillò Peter. «Prometto che lo farò. Solo che... qui non è sicuro, ok?»

Oh, Peter. Con che velocità era passato da cattivo a vittima.

«Allora dove, se non qui?» chiesi.

«Quando, se non ora? Con chi, se non con me?» intervenne la nonna. Ma entrambi la ignorammo.

Peter si infilò una mano in tasca e ne estrasse un biglietto da visita nero con scritte stampate in caratteri argentati. «A questo indirizzo. Ci vediamo lì venerdì sera. Verso le dieci?»

«Va bene» dissi, strappandogli di mano il biglietto da visita, anche se sembrava intenzionato a darmelo. «E fino ad allora?»

«Ci vedremo al lavoro e ci comporteremo normalmente. Non una parola, dico sul serio.» I suoi occhi si incupirono per un istante, ma tornò subito indifferente: «Allora, se ci siamo intesi, io tolgo il disturbo. Ci si vede.»

Rimasi a osservarlo in silenzio mentre usciva di casa e scompariva nella notte.

«Beh, è stato interessante» disse la nonna con un basso fischio.

«Le hai raccontato le mie barzellette?» chiese Gattavius rivolto a me, ridacchiando sotto i baffi. «Sono alcune delle migliori che so.»

Scossi il capo, chiedendomi cosa sarebbe accaduto venerdì sera. Non avevo mai incontrato nessun altro come me e, sinceramente, non mi piaceva affatto che la prima persona con il mio stesso potere che avevo conosciuto fosse qualcuno di spregevole quanto Peter Peters. Ma ora ero un po' più vicina a scoprire perché riuscivo a comunicare con gli animali e, forse, se fossi riuscita a saperne di più, avrei potuto utilizzare la mia capacità con maggior efficacia, parlare con più animali, risolvere più crimini.

Peter aveva davvero le risposte che avevo cercato per tutto quel tempo?

Beh, lo avrei scoperto presto.

7

l venerdì sembrava non arrivare mai. Ora che sapevo di poter trovare delle risposte, avevo assolutamente bisogno di sentirle. La mia povera mente esausta turbinava frenetica nel tentativo di immaginare cosa mi avrebbe detto Peter quando avessimo finalmente avuto l'opportunità di discutere della questione.

Perché riuscivo a parlare con Gattavius, e solo con lui?

Com'era possibile che prendere la scossa da una macchina da caffè guasta mi avesse conferito un potere paranormale, quando tutto il resto aveva continuato a procedere come di consueto?

E come si inseriva Peter Peters in tutto questo?

Cercai su Google Earth l'indirizzo che mi aveva

dato. Apparteneva a un tozzo edificio di mattoni proprio nel cuore del minuscolo centro storico di Glendale. Nonostante avessi vissuto in quella zona per tutta la vita, non avevo mai notato prima quella costruzione. Forse il mio sguardo era sempre stato attratto dalle vetrine dei negozi nei dintorni, ben più vivaci e colorate; o forse era stato costruito da poco.

Ci passai perfino davanti in auto in cerca di indizi, e mi scoraggiò la vista del cartello AFFITTASI appeso con il nastro adesivo all'interno di una finestra che dava su un interno buio.

Quel venerdì, proprio mentre stavo per uscire dall'ufficio, Peter mi mise in mano un post-it ripiegato, senza dire una parola. Cercai di comportarmi con naturalezza, ma il minuscolo foglio di carta giallo sembrava scottare nel palmo della mia mano. Una volta al sicuro in auto, con le portiere bloccate, aprii il foglietto e lessi l'unica parola che c'era scritta: *Artiglio*.

Non aveva minimamente senso. Scattai una foto del post-it con il cellulare e la inviai alla nonna insieme a un messaggio: *Peter mi ha dato questo. Hai idea di cosa possa significare?*

Attesi per qualche minuto. Non ricevendo risposta, gettai il post-it sul sedile del passeggero e avviai il motore, diretta a casa. Spesso la nonna dimenticava il cellulare da qualche parte in giro per la magione e se ne rendeva conto solo dopo alcune ore. Avrei potuto chiederle di persona cosa ne pensava. In fin dei conti, sarei arrivata in fretta.

Ferma al rosso del semaforo, lanciai un'occhiata al post-it. Forse l'indizio non era la parola o il suo significato, ma il modo in cui era scritta.

Solo che il foglietto non era più sul sedile, lì dove lo avevo lasciato.

Diedi una rapida occhiata davanti ad esso, immaginando che fosse caduto. *Niente.*

Cercai a tentoni sotto il sedile, ma scattò il verde e l'autista dietro di me iniziò a suonare il clacson con impazienza, costringendomi a tornare a concentrarmi sulla guida. I restanti minuti che mi separavano da casa furono estenuanti. Il post-it di Peter doveva pur essere da qualche parte. *Doveva* per forza! Avrei dovuto cercare meglio per trovarlo. Non poteva mica essersi dissolto nel nulla! E tuttavia, ora vivevo in un mondo in cui era possibile che due persone distinte parlassero con gli animali. La realtà si era già deformata, assumendo una forma vagamente irriconoscibile. Allora perché un foglietto di carta non poteva sparire mentre nessuno guardava?

Mi correggo: mentre *io* non guardavo. All'improvviso mi sembrò che un milione di occhi invisibili mi stessero fissando e che io fossi l'unica a non capire cosa stava succedendo.

Paranoica. Vulnerabile. Ma non pazza.

Arrivata a casa, iniziai a frugare freneticamente in tutta l'auto. Ancora niente.

Non riuscivo a credere che Peter volesse farmi aspettare fino alle dieci di sera. Innanzi tutto, perché farmi aspettare, anche solo un po'? Era un trucco di qualche tipo? Perché finora non mi era venuto nessun sospetto?

Ingenua. Credulona.

Circa mezz'ora dopo, la nonna mi trovò ancora intenta a rovistare in macchina: «Il pranzo si sta raffreddando. Ok, gli affettati sono già freddi, però...» Si fermò a metà dei gradini del portico e piegò la testa di lato: «Cosa stai facendo, tesoro?»

«Sto cercando una cosa» borbottai, passando la mano sotto al sedile per la milionesima volta. «Hai ricevuto il mio messaggio?»

«Che messaggio?» chiese lei, evidentemente confusa.

Sospirai: «Nonna, dovresti proprio fare più attenzione e iniziare a tenere il telefono sempre a portata di mano. Se ci fosse un'emergenza e non riuscissi a contattarti?»

La nonna scese gli ultimi scalini e mi sventolò il

cellulare in faccia: «Intendi questo vecchio catorcio? Non me ne sono separata neanche un istante oggi.»

Glielo strappai di mano e inserii il codice a prova di bomba: *1-2-3-4*. Era un'altra cosa di cui avrei dovuto parlarle, quando la questione Peter si fosse risolta. «Guarda, ti ho mandato la foto di un...»

Aprii il messaggio più recente e vidi che si trattava di una nostra conversazione di un paio di giorni prima. Poi più niente. Avevo inviato il messaggio, giusto?

«Tesoro, non hai una bella cera. Entra e mangia qualcosa» suggerì la nonna, premurosa come sempre.

Ma io ero una donna con una missione da portare a termine. Estrassi il mio cellulare e controllai i messaggi, la galleria delle immagini, perfino il cloud.

Qualsiasi prova che il post-it datomi da Peter fosse mai esistito era scomparsa nel nulla. Perché? C'era scritta un'unica parola, senza il minimo contesto. Non era qualcosa di rischioso.

Aspettate, *qual era* poi quella parola?

Sembrava che anche il ricordo mi fosse scomparso dal cervello. Mi venne da vomitare quando me ne resi conto.

La nonna mi appoggiò con dolcezza una mano sulla schiena e mi condusse in casa. «Mangia!» mi ordinò, tirando fuori una sedia da sotto il tavolo e facendomici accomodare.

Feci del mio meglio, ma non riuscivo a smettere di pensare al post-it, a Peter, a tutta quella storia. Non potevo più aspettare, avevo bisogno di quelle risposte. Dovevo andare subito al luogo dell'appuntamento e sperare di trovare qualcuno che potesse spiegarmi tutto.

«Vado a fare una commissione veloce» dissi alla nonna. Non volevo farle correre nessun rischio, nel caso in cui avessimo avuto a che fare con qualcosa di pericoloso.

Gattavius, attenendosi al suo rigorosissimo programma, stava schiacciando un pisolino nell'ala ovest della casa. Questo significava che potevo sgattaiolare via senza dovergli prima spiegare perché preferivo che non mi accompagnasse.

Colsi l'occasione al volo e mi fiondai in centro, dritta al luogo a cui avevo pensato ossessivamente per tutta la settimana. Le altre volte non avevo mai cercato di entrare, ma quel giorno parcheggiai in fondo all'isolato e marciai dritta verso l'edificio, che aveva tutta l'aria di essere vuoto.

Bussare educatamente alla porta non diede risultati; né li diede il frenetico susseguirsi di colpi con cui la tempestai qualche istante dopo. Cercai di sbirciare dalla finestra, ma il luogo appariva vuoto, polveroso e disabitato.

Era possibile che Peter si stesse solo prendendo gioco di me?

Che mi avesse messa su una falsa pista anziché darmi una qualsiasi risposta?

Ma allora perché quel post-it?

Sembrava che volesse che venissi a conoscenza della sua capacità speciale o, se non altro, farmi sapere che era a conoscenza della mia ma per quale motivo?

Gemetti per la frustrazione e sferrai un calcio al muro dell'edificio.

«Suvvia, Angela. Cerca di controllarti» disse Gattavius comparendo dal nulla ai miei piedi. Sbadigliò, poi si passò una zampa sulla fronte.

«Come sei arrivato fin qui?» chiesi, scuotendo la testa incredula.

Sembrava già seccato. «Con l'auto. Esattamente come te.»

No, qui qualcosa non quadrava. «Non c'è stato un solo viaggio in auto in cui tu non mi abbia conficcato gli artigli nelle gambe!» ribattei, incrociando le braccia sul petto e fissandolo. «Come sei riuscito a nasconderti senza farti scoprire?»

Lui scrollò le piccole spalle gattose: «Tu stai facendo progressi con la guida. Io anche.»

«Ok, fantastico.» In circostanze normali lo sarebbe stato davvero, ma al momento ero troppo frustrata per la mancanza di risposte su Peter, sul misterioso post-it e adesso perfino su quell'edificio.

Provai a spingere la maniglia della porta, ma non funzionò. Con un altro potente gemito, colpii la facciata con la mano, e mi sfuggì un urlo. Ora sia la mano che il piede mi facevano male per colpa di quello stupido muro di mattoni e, tuttavia, ero ancora tanto lontana dal comprendere la situazione quanto lo ero prima che lo stupido Peter arrivasse nella mia stupida città. *Grrr.*

Gattavius si sdraiò sul marciapiede con il muso nascosto sotto le zampe: «Mi stai mettendo in imbarazzo» sbottò.

Grandioso, grandioso, grandioso. Alzai le mani al cielo e marciai lungo l'isolato, diretta verso l'auto.

«Aspetta!» mi gridò lui, rincorrendomi a breve distanza e poi fermandosi all'imbocco del vicolo. «Possiamo ancora dare un'occhiata sugli altri lati, no?»

Dannazione, aveva ragione. Trassi un profondo respiro, poi tornai sui miei passi.

In fondo al vicolo c'era una sola porta, parzialmente nascosta da un cassonetto della spazzatura strabordante. Sollevai la mano e la chiusi a pugno, ma esitai. Cosa avrei trovato all'interno? Una volta scoperta la verità, non avrei più potuto tornare indietro. Ero pronta? *Davvero* pronta?

«Bene, procediamo e facciamola finita» disse Gattavius in tono gentile.

Bussai così piano che riuscii a malapena a sentire il suono prodotto dalla mia mano.

Ma dall'altra parte una voce rispose immediatamente: «Parola d'ordine?» chiese.

Parola d'ordine? Peter non mi aveva detto nulla in proposito…

«Artiglio» dissi, ancora prima che il mio cervello avesse finito di realizzare la cosa.

La porta si aprì.

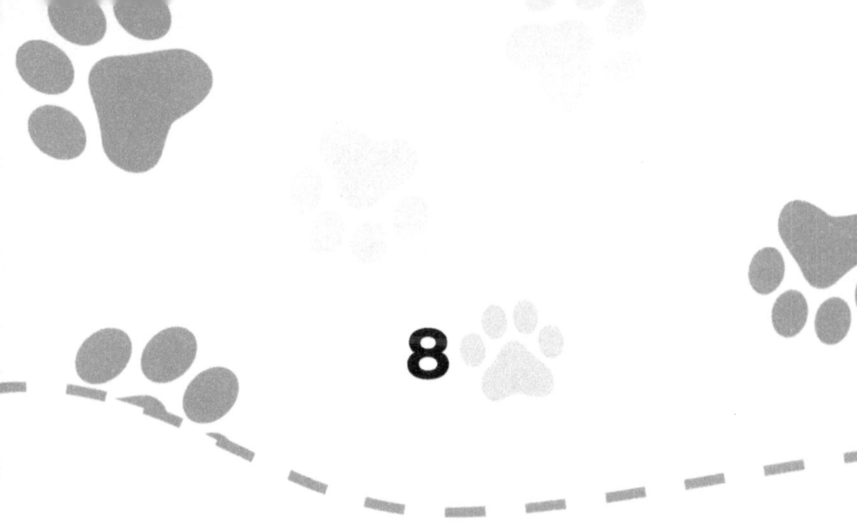

8

’uomo che aveva aperto era magro e allampanato, con il volto pallido ricoperto di lentiggini. Di certo non il tipo che mi sarei aspettata come addetto alla sicurezza di...

Che cos’era quel posto?

Strizzai gli occhi, sforzandomi di vedere qualcosa in quella luce fioca. L’interno dell’edificio era molto simile all’esterno, tutto mattoni e *monotonia*.

«Chi vi ha mandati?» chiese il buttafuori, guidandoci giù per una lunga scalinata. I suoi occhi rilucevano di una bella tonalità di verde che non avevo mai visto prima, e non solo in natura, ma proprio da nessuna parte.

«Peter Peters» mormorai, guardandomi intorno

nell'ampio locale vuoto, senza scorgere nulla a parte l'uomo di fronte a me e Gattavius ai miei piedi.

Il buttafuori scosse il capo e arricciò il naso in un modo che suggeriva che probabilmente Peter non piacesse molto neanche a lui. «Non arriverà se non in tarda serata, ma accomodatevi e sedetevi, se lo desiderate. Vi consiglio vivamente di bere qualcosa nell'attesa.»

Mi guardai nuovamente intorno nella stanza, domandandomi come potessi non aver notato a prima vista qualcosa di grande come un bar: «Ehm, dove?» chiesi nervosamente, poiché continuavo a vedere soltanto polvere, sporcizia e ragnatele.

Il buttafuori mi diede un colpetto scherzoso nelle costole, ma mi fece male lo stesso: «Ah ah, buona questa!»

Ridacchiai, imbarazzata; non sapevo proprio che dire. Avrei dovuto chiedere come faceva a conoscere Peter o sarebbe stato meglio approfondire prima come avesse fatto la porta a comparire come per magia in fondo al vicolo?

«Chi sei e che cos'è questo posto?» chiese Gattavius al buttafuori, spostando il peso da una zampa all'altra, chiaramente infastidito dalla sporcizia dell'ambiente circostante.

Il nostro strano anfitrione rispose rivolgendosi

direttamente al mio gatto: «Mi chiamo Moss O'Malley. Non siete mai venuti al Rifugio?» Quindi ora c'erano ben tre persone in grado di comunicare con Gattavius. Di certo non ero sola, non più.

«Direi di no» risposi per entrambi. Poi mi puntai un dito verso il petto con enfasi: «Per lo meno *io*.»

«Neanch'io» puntualizzò Gattavius.

Moss si irrigidì: «Avete detto che vi manda Peter, giusto?»

Entrambi annuimmo, desiderosi di saperne di più.

«Che cosa vuole quel cane da voi due?»

Ignorai la strana scelta di parole di O'Malley, nonché il fatto che sembrasse pronto a dirigersi di nuovo verso le scale.

«È una cosa personale, io—» iniziai.

«È evidente che lei è in grado di parlare con gli animali, idiota» intervenne il tigrato, ben poco propenso a dare una mano. Il suo motto era molto semplice: *nel dubbio, aggiungici un insulto.* Al momento, tuttavia, non sembrava una buona idea. Eravamo entrambi impegolati in una situazione difficile da gestire con Moss e il suo strano Rifugio.

O'Malley rivolse nuovamente l'attenzione a me: «Ma non riesci a vedere il bar laggiù in fondo, giusto?» Puntò un dito verso l'angolo più lontano della stanza.

Lo seguii con lo sguardo, ma continuai a non scorgere nulla se non un seminterrato sporco e deserto. «Beh, ecco—» iniziai.

Ma prima che riuscissi a trovare una buona scusa, Moss mi spinse di nuovo su per le scale con forza sorprendente: «Dimenticatevi di questo posto come se non fosse mai esistito, ok?» disse dopo aver riportato a forza me e Gattavius nel vicolo. Poi fece qualcosa di strano con le dita di una mano e richiuse di scatto la porta prima che potessimo chiedere una spiegazione.

Gattavius frustò l'aria con la coda: «Quell'idiota mi ha messo le zampacce addosso. Il mio magnifico mantello è tutto spettinato!»

«Che cos'è successo?» chiesi senza fiato, guardando incredula il contorno della porta che svaniva fra i mattoni proprio sotto i miei occhi.

«Ma un aiutino no?» piagnucolò Gattavius. Mi accucciai per aiutarlo a risistemarsi il pelo.

«Mi ha... preso per la collottola» disse il mio povero micetto scoppiando in lacrime. «Per la collottola!»

«Mi dispiace molto» bisbigliai, lanciando un'occhiata verso la porta e trovandomi davanti solo uno spoglio muro di mattoni dove fino a poco prima c'era stato l'uscio.

«Possiamo...» Gattavius si interruppe ed emise un profondo sospiro. «Possiamo tornarcene a casa? Ho bisogno di restarmene nel mio ambiente per un po'.»

Ancora non sapevo cosa fosse successo. Le cose sarebbero andate diversamente se avessimo atteso fino alle dieci come mi aveva detto Peter?

Difficile a dirsi. Forse avremmo avuto più risposte, o forse saremmo caduti in un'imboscata. Moss non ci aveva detto granché, ma era evidente che non apprezzava Peter. Forse era il caso di dare inizio all'operazione: *Il nemico del mio nemico è mio amico*. Se la nonna fosse stata presente, di certo me lo avrebbe consigliato.

Ma come avrei fatto a ottenere altre informazioni da Moss se non avevo modo di parlargli di nuovo? Se fossi tornata il giorno dopo, avrei trovato la porta una seconda volta? Lui mi avrebbe lasciata entrare? O ci sarebbe stato qualcun altro ad accoglierci al Rifugio? Sarei riuscita a fingere di vedere il bar ed essere a conoscenza di tutto?

Non dicemmo una parola per l'intera durata del breve tragitto fino a casa. Non appena ebbi lasciato Gattavius davanti alla tenuta, tornai in città per indagare sul misterioso Rifugio sotterraneo. Tuttavia, al primo tentativo lo mancai e dovetti tornare sui miei passi.

Sembrava una semplice distrazione dovuta al fatto che la mia mente ancora turbinava per via dell'incontro con Moss.

Mi imposi di calmarmi e di concentrarmi, ma anche così superai l'indirizzo senza individuare il Rifugio.

Frustrata, parcheggiai in strada con una manovra approssimativa e andai alla ricerca del posto a piedi.

Passò un'ora.

Due.

E non ero ancora riuscita a ritrovare il Rifugio.

«Non sono impazzita» mormorai tra me e me. «Non sono impazzita.»

Tornai a casa per cena, poi mi diressi nuovamente in città per poter attendere nelle vicinanze l'arrivo di Peter. Aveva detto che ci saremmo visti alle ventidue e, cosa più importante, che aveva le risposte che cercavo.

La gente per strada mi passava accanto lanciandomi occhiate interrogative, ma non me ne importava nulla. Dovevo sapere che cosa mi stava succedendo, ora più che mai.

Scoccarono le ventuno. *Manca solo un'ora.*

Ventuno e trenta.

Ventuno e quarantacinque.

Le ventidue arrivarono e passarono, ma di Peter non c'era traccia.

Cinque minuti dopo, le sirene della polizia risuonarono nella notte silenziosa. Si fecero sempre più forti, finché le luci rosse e blu non si trovarono proprio di fronte a me.

Per un istante temetti di venire arrestata per vagabondaggio, ma l'auto mi superò e si fermò un paio di isolati più avanti. Ora dovevo fare una scelta: continuare ad aspettare Peter o andare a dare un'occhiata.

Rivolsi un ultimo sguardo bramoso al luogo in cui il Rifugio avrebbe dovuto trovarsi, poi abbassai il capo e corsi lungo la strada fino a raggiungere l'agente Bouchard che stava scendendo dalla volante.

«Che cos'è successo?» gridai con il fiato corto, nonostante avessi corso solo per un paio di isolati. Oh, se solo fossi stata in forma come la nonna! Forse, quando questa storia fosse finita, avrei potuto chiederle di accompagnarla a quel corso di zumba di cui parlava sempre con entusiasmo.

Il cortese poliziotto di quartiere scosse il capo: «Abbiamo ricevuto una chiamata per un furto in corso, ma la porta è chiusa a chiave e non ci sono segni di effrazione.»

Sbirciai attraverso la vetrina illuminata della boutique di abiti da sposa di lusso in cui tutta la popolazione di Blueberry Bay si recava quando era pronta a fare il grande passo. Dentro non c'era nessuno. «Dov'è finito il ladro?»

L'agente Bouchard scosse nuovamente il capo e si voltò verso di me: «Lei è a piedi, quindi era nei paraggi, giusto? Ha visto qualcuno? Notato qualcosa?»

«No, mi dispiace» risposi accigliata; avrei voluto potergli essere d'aiuto.

Il poliziotto emise un sospiro frustrato e si passò una mano fra i capelli incolti: «Questa settimana è già la terza volta che riceviamo una chiamata come questa. Dai video della sicurezza non risulta niente, ma casse e casseforti vengono ripulite. Pensavo che fosse tutta una montatura, sa, per frodare l'assicurazione, ma le rapine continuano a verificarsi. Per quanto mi sforzi, non riesco a capire come sia possibile.»

Trassi un respiro tremante, decidendo di non dire niente anche se avevo il sospetto che il Rifugio potesse essere coinvolto in quella storia in qualche modo.

Ormai avevo la certezza di non essere l'unica persona con dei superpoteri a Glendale. Già sapevo di Peter, ma quanti altri come lui si nascondevano in bella vista sotto le mentite spoglie della quotidianità?

La mia capacità di parlare con gli animali non nuoceva a nessuno, ma che poteri avevano gli altri? Cos'erano in grado di fare? Far sparire edifici interi? Commettere un furto senza lasciare tracce? Uccidere qualcuno senza destare il minimo sospetto?

Deglutii il gigantesco nodo che mi si era formato in gola: «Sono certa che ci sia una spiegazione logica» dissi all'agente Bouchard, pregando che fosse proprio così, ma già sapendo che non lo era.

Non poteva esserlo. A questo punto la normalità era così lontana da non avere più nemmeno il mio stesso codice di avviamento postale.

Io e Gattavius avevamo dato la caccia a più di un assassino, ma qui si trattava di persone comuni, ordinarie. Malintenzionate, certo. Ma ugualmente *ordinarie.*

Cosa sarebbe accaduto quando avessimo trovato questa misteriosa nuova razza di criminali magici?

Non avevamo la minima possibilità di fermarli...

9

Durante la settimana mi presi un po' di tempo per leggere articoli e post sui social network relativi alla recente ondata di furti nel centro di Glendale. I resoconti dei fatti corrispondevano con esattezza a ciò che mi aveva detto l'agente Bouchard. Mi recai anche in centro qualche altra volta, nella speranza di individuare il Rifugio o di imbattermi nuovamente in Moss. Ovviamente il piano fallì miseramente.

«Perché la cosa ti turba tanto?» mi chiese Gattavius domenica sera, quando ci infilammo sotto le coperte. «L'edificio è sparito e quell'orrendo afferratore di collottole pure. Non ci sono più, perciò...» Fece una pausa per enfatizzare la conclusione e si leccò il petto. «Non è un problema nostro.»

Il mio gatto poteva anche ritenere che tutti quegli strani avvenimenti non fossero un suo problema, ma per me non era affatto così. A lui non sarebbe accaduto niente di male se la gente avesse scoperto che eravamo in grado di parlare. Ero io quella in pericolo, e mi feriva l'idea che la cosa non lo preoccupasse minimamente.

Tuttavia, anziché dirgli che ci ero rimasta male, decisi di tentare un approccio diverso per portarlo dalla mia parte: «Non sei neanche un po' curioso di sapere come fa un edificio intero a sparire a quel modo? Non vuoi scoprire cos'è successo?»

Gattavius sollevò una zampa sopra la testa e iniziò a leccarsi parti di cui sarebbe stato meglio occuparsi in privato. «La curiosità uccise il gatto» borbottò. «E considerando che mi restano solo cinque vite, preferirei non correre rischi eccessivi.»

Trovavo sempre strano quando mi parlava a quel modo e, data la sua passione per le scene drammatiche, non era facile capire se fosse serio o no. «Davvero sei già morto due volte?» gli chiesi con aria interrogativa. "Stento a crederci."

Lui abbassò la zampa, poi la allungò, inarcandola con un miagolio di soddisfazione: «Non importa cosa credi tu. Ciò che conta è la verità. E cosa puoi fare in proposito.»

Ci riflettei per qualche istante. Sembrava un ragionamento sensato, anche se non soddisfaceva il mio bisogno di capire meglio. «Ha senso» dissi infine. «So che non ti interessa, ma hai idea di cosa sia accaduto al Rifugio venerdì?»

«Naturalmente.» Si rotolò sulla schiena e prese a dimenarsi. Nonostante tutte le sue lamentele, di recente passava parecchio tempo a rotolarsi di gusto.

«Ok» dissi, impaziente. «Intendi tenertelo per te o puoi sprecarti a dirmelo?»

Si sistemò su un fianco e atteggiò la bocca a un ampio sorriso: «Posso anche dirtelo, ma probabilmente non mi crederai.»

«Perché non dovrei—»

«*Magia*» disse lui, interrompendomi a metà frase.

Beh, era sorprendente, ma non del tutto inaspettato considerando gli ultimi sviluppi. «Magia? Potresti essere un po' più specifico per favore?»

«*Mmm*, no. Temo di no.» Sbadigliò e fece spallucce. «Non ne so molto.»

Quell'ultima dichiarazione mi sorprese. Ora che sapevo che aveva almeno qualche idea sull'accaduto, morivo dalla voglia di saperne di più. Ma dovevo giocarmela bene. Se mi fossi mostrata troppo interessata, mi avrebbe punita andandosene e interrompendo la conversazione finché non fossi riuscita a riprendere il controllo delle mie emozioni.

«Ma hai detto che c'entra la magia?» chiesi, evitando di guardarlo negli occhi e strofinando le dita sulla morbida copertina che avevo in grembo. «Significa che credi nella magia?»

«Ti pregherei di ricordare la mia affermazione precedente sulla differenza tra credenze e verità» rispose lui in tono scherzoso. Poi restò in attesa, contando a bassa voce. Mi stava forse dando il tempo di ripensare alla nostra conversazione di prima? La sua arroganza non aveva limiti!

«Ok» dissi, cercando di dissimulare il fastidio. «Ti prego di continuare.»

Lui annuì, soddisfatto: «Grazie. Sì, la magia esiste *davvero*. Pur essendo molto rara. Prima che tu me lo chieda, lo so perché alcuni gatti riescono a percepire le tracce che si lascia dietro. Non io, sia ben chiaro. Ma qualche gatto meno straordinario di me ci riesce.»

Incredibile. Scossi il capo e repressi un sospiro: «Quindi per tutto questo tempo hai saputo dell'esistenza della magia e non mi hai mai detto niente? Passi ore intere a raccontarmi dei tuoi pisolini, ma non ti è mai passato per la testa di dirmi della magia?»

Gattavius si alzò in piedi e inarcò la schiena in

atteggiamento difensivo: «Se ben ricordi, ho menzionato la magia al nostro primissimo incontro. Quando stavi ancora cercando di capire come fosse possibile che riuscissimo a comunicare. Mi hai risposto che la magia non esiste, così ho lasciato perdere.»

Ripensai a quella giornata di tanti mesi prima e... *aveva ragione!* Aveva incontestabilmente ragione lui. Ma non era proprio il tipo da lasciar perdere neanche sulle inezie, quindi per quale motivo aveva sorvolato su una questione tanto importante?

I suoi occhi dorati scintillarono mentre mi osservava: «So a cosa stai pensando, e la risposta è *no*. Credo che non dovresti immischiarti in questa storia più di quanto tu non abbia già fatto. Sono stato preso per la collottola già una volta. Quali altre prove ti servono per capire che quelli giocano sporco?»

«Io...» esitai. Era una domanda difficile da porre, una possibilità con cui sarebbe stata dura scendere a patti. «Sono come loro?» chiesi infine con voce tremante.

Gattavius si rotolò sul letto ridendo di cuore: «Come loro? Cosa intendi dire? Credi forse di essere una grande maga solo perché hai l'onore di poter parlare con Octavius Maxwell Ricardo Edmund Frederick Fulton Russo il Grande? Certo, non è cosa da poco, ma...» Scoppiò in una sonora risata, rotolandosi da una parte all'altra per lo spasso.

La mia pazienza era ormai ridotta al limite. Ancora una volta, il mio gatto aveva informazioni importanti di cui necessitavo per risolvere il caso. E, ancora una volta, lui si comportava in modo infantile anziché fornirmele.

Finalmente, riprese abbastanza contegno da riuscire a dire: «Non esistono maghi e streghe come li intendete voi umani, quindi vedi di levarti dalla testa quegli sciocchi stereotipi. Ok?»

«Ma—»

«Ma la magia esiste» ripeté. «Io però ne so ben poco, perché non ne ho neanche un briciolo.»

Mi puntai un dito al petto, a bocca aperta, ma non riuscii ad articolare nemmeno una parola.

Gattavius scosse il capo. Che fosse magico o meno, mi aveva capita benissimo. «No, neanche tu. Ok, probabilmente ti sono rimasti addosso dei residui di magia di qualcun altro, o qualcosa del genere. Ehi, non fare quella faccia: a gatto donato non si guarda in bocca!»

«Quindi cosa dovrei fare?» sbottai. Il mio gatto mi aveva appena svelato l'esistenza di un intero mondo tutto nuovo, e il mio cervello sfrecciava a mille chilometri l'ora per cercare di stare al passo.

La magia esisteva davvero. Chi l'avrebbe mai detto? Io no di certo.

«Tu? *Tu* non devi fare proprio nulla. Io? Nemmeno! Dimentichiamoci di questa conversazione, ok?» Saltò giù dal letto e uscì dalla stanza, ponendo di fatto fine alla nostra chiacchierata. Perché era così evasivo? Sapeva più di quanto mi avesse fatto intendere? Sarebbe stato disposto a riparlarne se avessi ripreso l'argomento in seguito?

Purtroppo con Gattavius non si poteva mai sapere.

Ora la mia unica speranza era che Peter si dimostrasse più collaborativo del tigrato quando gli avessi chiesto spiegazioni il giorno dopo al lavoro.

* * *

La mattina successiva, quando arrivai in ufficio, Peter era già lì, apparentemente impegnatissimo a controllare qualcosa sul computer.

«Ehi» mi limitai a salutarlo di malavoglia. Qualcosa mi diceva che avrei fatto meglio ad approcciarlo come avrei fatto con Gattavius. *Con molta cautela.*

«Ehi» borbottò lui senza nemmeno alzare lo sguardo.

«Che cos'è successo venerdì sera?» chiesi con disinvoltura mentre raggiungevo la nostra scrivania.

Peter balzò in piedi e mi tappò la bocca con una mano, terrorizzandomi. «No!» mi avvertì prima di spostare la mano, un dito alla volta. «Non farlo!»

«Ma ti aspettavo» ribattei con uno sguardo glaciale. Poteva fare lo strambo finché voleva, ma non mi sarei lasciata intimorire da lui, almeno finché non avessi finalmente avuto le risposte che teneva appena fuori dalla mia portata.

Lui si strinse nelle spalle, tornando al suo consueto atteggiamento distaccato: «Sì, beh, si è presentata un'occasione più interessante.»

«*Ok*» dissi lentamente, facendo una pausa per trarre un respiro profondo e tremante. Se avessi perso la calma, non saremmo arrivati da nessuna parte. «Possiamo fare un'altra volta?» chiesi con dolcezza.

«Smettila di comportarti da fidanzatina respinta» sbottò lui. «Non è piacevole.»

«Ma—»

Peter sollevò una mano e fece lo stesso strano gesto effettuato dal buttafuori del Rifugio prima che la porta scomparisse. Rimasi a fissarlo, ipnotizzata.

Mi faceva sentire felice, o meglio, soddisfatta.

Mi sentivo bene.

Appagata.

Ahh.

Dall'altra parte della stanza qualcuno si schiarì la

gola; mi voltai verso Bethany con un sorriso sciocco stampato in faccia.

«Angie, puoi venire un attimo nel mio ufficio, per favore?» Nonostante le parole gentili, il tono non faceva presagire niente di buono. La sua espressione nemmeno.

«Che cosa sta succedendo con Peter?» mi chiese quando mi richiusi la porta del suo ufficio alle spalle.

Mi strinsi nelle spalle. Sentivo il corpo leggero e la mente annebbiata. Mi ci volle un po' per riuscire a trovare una risposta.

Poi ricordai.

Peter. Detestavo quel tizio.

«È fastidioso, vorrei che non lo avessi assunto» dissi, accigliata. L'euforia di poco prima era sparita.

Bethany mi lanciò un'occhiata sospettosa da dietro la scrivania: «C'è altro?»

Era ora! Finalmente qualcuno era disposto ad ascoltare i miei dubbi su Peter Peters. Solo che non riuscivo a ricordare con esattezza quali fossero.

Bethany picchiettò con le dita sulla scrivania e sollevò un sopracciglio perfettamente arcuato: «Allora?»

«Niente di particolare» dissi, chiedendomi perché avessi la sensazione che i ricordi più recenti fossero stati spazzati via dal mio cervello. «È solo che quel tizio non mi piace.»

Un sorriso le si dipinse sul volto, facendo svanire l'espressione ansiosa di poco prima: «Bene» disse. Poi aggiunse: «Grazie, Angie. È tutto.»

Non avevo idea di cosa stesse accadendo o del perché quella conversazione mi infastidisse tanto. Perché mi sembrava di avere la testa piena di ovatta?

Forse stavo covando un raffreddore.

O forse Peter...

No.

Non era possibile.

Mi sembrava che la risposta fosse proprio lì, ai confini della mia mente; ma, per quanto mi sforzassi, non riuscivo ad abbattere la barriera che mi impediva di raggiungerla.

Forse, alla fine, era accaduto l'inevitabile.

Dopo mesi trascorsi a parlare con il mio gatto, avevo perso la testa una volta per tutte.

10

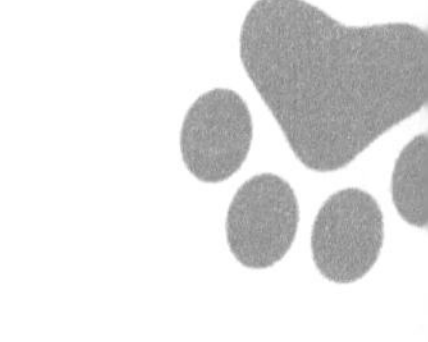

«Come stava il nostro caro Peter oggi?» mi chiese Gattavius a pranzo. Di solito dormiva come un ghiro mentre mangiavamo, ma quel giorno la nonna aveva preparato un piattino di zuppa di vongole anche per lui, in modo che potesse unirsi a noi a tavola.

Fino a quel momento la mia giornata era stata tutt'altro che memorabile, e questo rendeva ancora più irritante il fatto che il mio gatto sembrasse aspettarsi che gli raccontassi qualche notizia succosa. «Bene» risposi con lentezza, non sapendo che altro volesse sapere. «Perché chiedi di lui?»

Gattavius smise di leccare la zuppa e mi fissò, inorridito. Ne aveva varie gocce incollate al pelo, ma sembrava non averlo notato—o, per lo meno, che non gliene importasse. «Come sarebbe a dire 'perché'? Ricordi quando è venuto qui? La nostra gitarella al Rifugio, in centro? Niente di tutto questo ti dice qualcosa?»

«Il Rifugio...» Quel nome mi sembrava familiare. Non è che...? «Oh, giusto!» gridai, quando tutto mi tornò in mente.

«Che cos'è il Rifugio?» chiese la nonna dal suo posto a capotavola.

«Come puoi essertene dimenticata?» strillò Gattavius continuando a osservarmi con espressione preoccupata. «Non hai letteralmente parlato d'altro per tutta la settimana!»

Immersi il cucchiaio nella zuppa e osservai il vapore innalzarsi davanti a me. «Oggi è stata una giornata strana» dissi infine. Poi mi rivolsi alla nonna: «Il Rifugio è il luogo di cui Peter mi ha dato l'indirizzo. O almeno, lo era, finché l'edificio non è scomparso.»

«E voi ne avete discusso per tutto il weekend senza farne parola con me?» La nonna sembrava parimenti ferita e intrigata. Non era facile turbarla, ragion per cui quando capitava mi sentivo ancora peggio.

«Mi dispiace. Mi sembrava pericoloso, ma non riesco a ricordare perché.» Cercavo di spiegarmi, ma continuavo a fallire.

«Wow, ti hanno conciata proprio male» disse Gattavius con un basso verso gutturale. «Non pensavo che valesse la pena indagare, ma se si danno tanta pena per cancellarti la memoria, forse sarà il caso di farlo.»

La memoria? Era per questo che mi sentivo così confusa quel giorno? In effetti aveva senso, ma non era possibile eliminare i ricordi di una persona, sono cose che succedono solo nei film. «Pensi che mi abbiano cancellato la memoria?» borbottai. Gli occhi di Gattavius erano ancora fissi nei miei.

«Oh sì!» strillò lui, con uno scatto della coda.

«Loro chi?» chiese gentilmente la nonna.

Guardai Gattavius in cerca di risposte.

«Gentaglia dotata di magia» rispose, disgustato.

«Magia?» chiesi con un sussulto. Ne avevamo già parlato? Stavo di nuovo dimenticando qualcosa di importante?

«Magia!» strillò la nonna, deliziata. «Finalmente la magia è giunta a Blueberry Bay?»

Entrambi ci voltammo verso la nonna, esterrefatti. «Sai dell'esistenza della magia?» squittii. Ero dunque l'unica a essere stata all'oscuro di tutto?

Lei scoppiò a ridere: «No, ma mi piacerebbe. Sembra divertente.»

«No» risposi di scatto. «Per favore, questa volta non farti coinvolgere. Ti scongiuro, nonna.»

Lei incrociò le braccia sul petto e mi fissò: «Divertente o meno, dove vai tu, vado anche io. Questa volta il caso vuole che sia anche divertente. Ora raccontatemi tutto.»

O molto, molto pericoloso, aggiunsi mentalmente, sentendo lo stomaco stringersi a più riprese.

Gattavius mi riepilogò gli eventi della settimana precedente, sia per aiutarmi a ricordare, sia affinché potessi riferirli alla nonna. Grazie al suo racconto dettagliato, tutto mi tornò in mente. Era strano che non riuscissi a farlo senza il suo aiuto.

«Quindi» disse la nonna, fregandosi le mani come se si stesse preparando a fare il punto della situazione. «Anche Peter sa parlare con gli animali. In centro c'è un edificio magico che sparisce a comando e qualcuno sta utilizzando la magia per derubare i negozi della zona. Tutto qui?»

«Come sarebbe a dire 'tutto qui'?» chiesi. Se prima mi sentivo la testa leggera e offuscata, ora era appesantita dal carico di informazioni giunte tutte in un colpo. «Mi sembra già anche troppo.»

La nonna si alzò bruscamente e si diresse nell'ingresso.

«Dove stai andando?» sbottai. *Mi girava la testa.*

Avevo bisogno di sdraiarmi, ma non potevo permettere che la nonna andasse a cacciarsi in una situazione rischiosa da sola.

Per fortuna, rispose: «Dobbiamo andare a fare shopping.»

«Cosa? Perché?» Mi strofinai le tempie per aiutare il sangue ad affluire al cervello.

La nonna non sembrava minimamente turbata dalla strana piega degli eventi; piuttosto, appariva sinceramente emozionata. «Non ho niente da indossare per un appostamento, e dubito che tu abbia qualcosa di adatto.»

«Un appostamento?»

«Sì, è proprio quello che ho detto. Vieni con me o no?»

Così io e la nonna ci recammo da Target e acquistammo nuovi abiti, con tanto di anonimi berretti neri per entrambe. La nonna prese anche una minuscola bandana nera per Gattavius, che io già sapevo avrebbe detestato.

Trascorremmo il resto della serata a preparare dolci e a mettere insieme un kit da appostamento composto da giochi di società, coperte, audiolibri e varie altre cose utili per far passare il tempo. Io, per lo più, cercai di tenermi fuori dai piedi mentre la nonna si preparava per quella nuova avventura.

Quando si fece buio, balzò in piedi, strinse gli occhi e disse: «È scattata l'ora X.»

Sinceramente, tra l'ossessione della nonna per i film di spionaggio e la dipendenza di Gattavius dalle serie TV poliziesche, ero già stufa di questa storia dell'appostamento ancora prima di iniziare. Forse sarebbe servito a ottenere qualche informazione utile, ma non ci contavo.

«Prenderemo la mia auto» dichiarò la nonna. La sua macchina sportiva rossa era tutt'altro che poco appariscente, ma protestare non sarebbe servito a nulla, considerando che si era già calata nel ruolo che aveva deciso di interpretare quella sera, qualunque esso fosse. Magari una James Bond al femminile dai capelli argentati? In quel caso, io sarei stata l'assistente attraente ma stupida.

Giunte in centro, parcheggiammo e iniziammo a sorseggiare cioccolata calda dai nostri thermos abbinati. Gattavius non la smetteva di lamentarsi dalla sua postazione nell'angusto sedile posteriore.

«Prestate attenzione a qualsiasi minima cosa sospetta» ci istruì la nonna con un cauto bisbiglio, anche se non c'era nessuno nelle vicinanze che potesse sentirci. «Tenete d'occhio chiunque si avvicini al Rifugio o entri in uno dei negozi dopo l'orario di chiusura» chiarì.

«Per quanto resteremo qui?» chiesi con uno sbadiglio.

«Per tutto il tempo necessario» rispose lei, con la mascella tesa in un'espressione determinata. «Dormiremo a turno, se ce ne sarà bisogno.»

Beh, non sembrava affatto divertente. Speravo solo che i furfanti magici si facessero vedere presto, così avremmo potuto tornare a casa e goderci una bella nottata di sonno.

Il tempo passava lento mentre la nonna ci raccontava la trama di tutti i suoi film d'azione preferiti. A mano a mano che i negozi chiudevano e la gente faceva ritorno a casa, sul centro di Glendale scese la calma. A parte uno strano cane randagio che ci superò di corsa, non vedemmo nessuno giungere o allontanarsi. *Non accadde niente.*

Almeno, finché non accadde *qualcosa.*

Un allarme dallo stridore metallico risuonò lungo la strada e luci accecanti squarciarono l'oscurità. Riconobbi immediatamente la gioielleria. La nonna non perse tempo: percorse in retromarcia una mezza dozzina di posti auto vuoti raggiungendo in un lampo l'isolato di fronte al negozio in cui il sistema di sicurezza si era attivato. Nonostante l'allarme e le luci, non riuscimmo a scorgere nessuno all'interno.

Pochi minuti dopo arrivò l'agente Bouchard; le

sirene della volante risuonavano proprio come venerdì sera. «Di nuovo tu» disse l'agente quando mi vide.

«Si tratta di una coincidenza» dissi, alzando le mani in segno di resa. «Lo giuro.»

«Stavamo facendo un appostamento» disse la nonna, la bocca tesa in una linea dura.

«Volevamo solo dare una mano» aggiunsi prontamente. «Vedere se riuscivamo a beccare il ladro in azione.»

«E ti sei portata dietro il gatto?» chiese l'agente, fissando Gattavius attraverso il finestrino aperto.

«Sono estremamente legata a lui» dissi a denti stretti, vedendo con la coda dell'occhio Gattavius intento a lisciarsi il pelo. «Ma non ho visto entrare nessuno.»

«Il proprietario sta arrivando» spiegò l'agente Bouchard. «Ma credo sia meglio che ve ne andiate prima che giunga qui.»

La nonna si picchiettò una tempia e rivolse un sorriso all'affascinante poliziotto: «Astuto» disse. «Siamo le uniche testimoni, quindi sospetterebbe subito di noi.»

Lanciai uno sguardo in direzione del Rifugio e mi parve di vedere una figura scura scomparire nel vicolo. Avrei voluto andare a controllare, ma non volevo far insospettire l'agente Bouchard più di quanto non avessimo già fatto.

Però avevo un'altra possibilità. Piegai la testa e bisbigliai, rivolta al sedile posteriore: «Gattavius, ho visto qualcuno, o qualcosa, nei pressi del Rifugio. Puoi andare a dare un'occhiata?»

«Certo» disse lui, sgattaiolando fuori dal finestrino aperto sul lato della strada.

«Grazie, agente» tubò la nonna, flirtando spudoratamente come di suo solito. «So che è una persona importante e sempre molto impegnata, ed è carino da parte sua dedicarci un po' del suo prezioso tempo.»

«Niente più appostamenti» le gridò il poliziotto mentre si allontanava. «Chiaro?»

La nonna gli rivolse un cenno di saluto, poi si abbandonò contro il sedile del guidatore.

Premetti il pulsante per chiudere il finestrino anteriore e bisbigliai: «Temporeggia per qualche minuto. Gattavius è andato a fare un controllino veloce.»

La nonna si diede un gran daffare armeggiando con le chiavi e facendo l'inventario delle varie diavolerie che aveva portato per l'appostamento. Quando il tigrato si infilò nuovamente in auto attraverso il finestrino, la nonna agitò la mano in direzione dell'agente in segno di saluto; poi ci allontanammo nella notte.

«Hai visto qualcosa?» chiesi al mio gatto.

«Niente» disse, come se stentasse a crederci. «Proprio niente di niente.»

Com'era possibile che non ci fossimo accorti di nulla quando tutto era accaduto proprio sotto i nostri occhi?

Sembrava che l'unico risultato dell'appostamento fosse avermi portata a temere ancora di più le forze magiche stabilitesi in città.

11

La mattina dopo, quando mi svegliai, trovai la nonna con indosso una tuta di velluto con la parola *birichina* stampata sul didietro. Una fascia rosa abbinata le teneva i riccioli grigi lontano dal viso; in mano aveva una borraccia viola di metallo.

«L'appostamento prosegue?» chiesi, sfregandomi gli occhi assonnati.

Lei allungò le braccia sopra la testa, poi si piegò fino a toccarsi le dita dei piedi: «Sono certa di non sapere di cosa tu stia parlando» rispose facendomi l'occhiolino e allungando le braccia da un lato e poi dall'altro. «Sto solo andando in città a fare un po' di moto. Mi mantiene giovane e piena di energie.»

«Beh, non dimenticare di portare con te il gatto»

dissi, facendo del mio meglio per nascondere un sorrisetto. «La sua pettorina è appesa all'attaccapanni in lavanderia.»

Finii di prepararmi per andare al lavoro, poi io e la nonna facemmo una rapida colazione insieme prima di salutarci. Gattavius si rifiutò di rivolgermi la parola —la pettorina era una delle poche cose al mondo che, se possibile, detestava più dei cani. Tralasciando la sua irritazione, la nonna aveva proprio bisogno del suo aiuto per quell'indagine. Certo, un gatto al guinzaglio non l'avrebbe aiutata a non dare nell'occhio, ma che fosse lì per ficcare il naso sarebbe stato evidente anche senza un compare felino di pessimo umore. Almeno così avrebbe avuto a disposizione un paio d'occhi e di orecchie in più.

E per quanto riguardava me? Io avrei dovuto affrontare di nuovo Peter da sola.

Fortunatamente, anch'io quel giorno avevo un piano. Non era da me dimenticare le cose a quel modo, così avevo preso il registratore vocale che la nonna utilizzava per registrare i suoi monologhi, gli avevo cambiato le batterie e lo avevo infilato ben nascosto nel reggiseno.

Una volta giunta in ufficio, l'avrei acceso e avrei registrato tutto ciò che fosse accaduto durante la giornata. Nessuno avrebbe potuto alterare le prove, non sapendo che era lì, giusto?

Per una volta ero ben contenta di avere il seno prosperoso. Solitamente era un fastidio, ma oggi sarebbe finalmente servito a uno scopo pratico. Forse, dopotutto, James Bond aveva più di un buon motivo per portarsi sempre dietro quelle assistenti tanto procaci.

Qualunque cosa fosse successa, ero pronta. Lo eravamo tutti.

Quella mattina Peter arrivò allo studio legale prima di me, un comportamento assai poco coerente con la sua personalità, ora che ci pensavo. Lo salutai, poi sgattaiolai in bagno per accendere il registratore.

«Hai trascorso una bella serata ieri?» gli chiesi in tono casuale quando mi sedetti alla nostra scrivania.

Lui mugugnò e si voltò bruscamente sulla sedia girevole per fissarmi in volto: «So che mi hai visto, quindi piantala con le stronzate. Quale parte di 'lascia perdere' ti è difficile da capire?»

«Lasciar perdere cosa?» chiesi con noncuranza. Ma il cuore mi martellava nel petto. Ero abbastanza vicina alla verità da spingerlo finalmente a dirmi quello che sapeva?

A quanto pareva no, perché la sua espressione si

fece ancora più astiosa: «Lasciami in pace e basta, ok?»

Incrociai le braccia sul petto con aria di sfida e mi voltai verso di lui facendo ruotare la sedia girevole. Le nostre ginocchia erano a pochi centimetri di distanza; mi chinai in avanti e lo fissai con lo sguardo più determinato di cui fui capace.

«Sei tu che hai iniziato a farmi pressione. Perché lo avresti fatto, se non avessi avuto intenzione di parlare di...?» Feci una breve pausa prima di continuare: «Mmm, di quello che abbiamo in comune.»

Lui strinse i pugni e per un istante pensai che volesse colpirmi. Ma poi sospirò, allentando in parte la tensione, e bisbigliò: «Questo non è il posto giusto in cui discuterne.»

Ero riuscita a metterlo sulle spine. Doveva pur servire a qualcosa. Caspita, forse se avessi insistito ancora un po' avrebbe ceduto e si sarebbe messo a gridare i suoi segreti ai quattro venti.

Mi rifiutavo di lasciarmi intimidire da lui. Così, gli puntai un dito sul petto e sbottai: «Forse non è il posto giusto, ma sei stato tu a darmi buca l'ultima volta che abbiamo concordato di vederci altrove, e ora non ho più intenzione di correre rischi.»

«Non ti ho dato buca» disse lui, quasi gridando. Poi trasse un profondo respiro e si sforzò di ritrovare la calma. «Non ti ho dato buca. Sei tu che hai fatto saltare l'accordo presentandoti troppo presto e portandoti dietro il gatto.»

Le prime crepe nella sua facciata si erano aperte. *Crick, crick, crick!*

«Sì, e allora?» dissi, sempre con sguardo fiero e determinato. «Che problema c'è se mi sono portata il gatto?»

Peter rise con amarezza, poi si scostò la maglietta per mostrarmi i profondi graffi causati dall'attacco di Gattavius la settimana precedente.

«Ok, ok.» Dovetti sforzarmi parecchio per trattenere un sorrisetto mentre osservavo i segni rossi sulla sua pelle. «Proviamo a ricominciare da capo.»

«No» disse Peter girando la sedia verso la scrivania e fingendo di concentrarsi sullo schermo del computer. Ma vedevo che continuava a guardarmi di sottecchi.

Allungai una mano e gli spensi il monitor con uno sbuffo: «E invece sì!» insistetti.

«Se avessi saputo che mi avresti creato tutti questi problemi, non avrei mai—» Si interruppe bruscamente, trattenendosi prima di arrivare al culmine della frase.

«Non avresti mai *cosa*?» chiesi, avvicinandomi ancora di più. L'odore stucchevole della sua acqua di colonia mi riempì le narici; ora eravamo così vicini che avrei potuto baciarlo, se avessi voluto. Non che fossi minimamente interessata a farlo: da quel tizio squallido volevo solo dei chiarimenti.

«Dimenticatene» disse lui con voce tremante, mentre il viso gli diventava rosso quanto i segni degli artigli che aveva sul petto.

Continuai a punzecchiarlo per dimostrargli che non poteva semplicemente mettermi da parte senza darmi delle risposte e venire meno alla parola data: «Già, hai cercato di farmi dimenticare, non è così? Ma non sono vulnerabile quanto credi.»

«Puoi chiudere quella bocca?» strillò Peter, gli occhi spalancati per il terrore. Si schiarì la gola, poi si chinò in avanti e mi sussurrò all'orecchio: «Smettila di impicciarti dei miei segreti, o racconterò i tuoi a tutta Blueberry Bay. Chiaro?»

Annuii lentamente, non sapendo se stava bluffando o se diceva su serio, e preferendo non essere costretta a scoprirlo. Ma non aveva importanza, perché ad un tratto fece quello strano movimento con il dito sotto la scrivania, e all'improvviso la questione non mi interessò più.

Fu solo qualche ora più tardi, quando tornai a casa, che mi ricordai del registratore vocale nascosto nel reggiseno. Per fortuna avevo l'abitudine di liberarmi di quell'indumento non appena mettevo piede in casa.

«Hai scoperto qualcosa durante la tua passeggiata?» chiesi alla nonna.

Lei alzò gli occhi al cielo, ma sorrise: «Ancora niente, ma ci riproveremo domani.»

Gattavius soffiò: «Forse lei ci tornerà anche, ma io ho chiuso. Ti prego, dimmi che oggi sei riuscita a cavare qualche informazione a Peter.» Mi fissò con grandi occhi imploranti; avrei voluto potergli dare una risposta migliore di *non me lo ricordo*.

«Ho una registrazione» dissi, mostrandogli il piccolo dispositivo che tenevo in mano, ritrovato poco prima nel reggiseno.

«Oh, tesoro» strillò la nonna. «Un intrattenimento perfetto per la cena!» Piegò il capo di lato e fece una risatina: «Solo che lo ascolteremo a pranzo.»

Risi anch'io e accesi il registratore, sperando di riuscire a ricavarci qualcosa di utile. Per fortuna ci vollero solo pochi minuti, poi la conversazione con Peter di quella mattina iniziò a risuonare dal minuscolo altoparlante.

Alcune parole erano coperte dal fruscio del tessuto, ma il concetto era più che chiaro: Peter sapeva che io sapevo qualcosa ed era terrorizzato all'idea che riuscissi a scoprire altro.

«Va bene» disse Gattavius dopo l'ultima minaccia sussurrata da Peter. «Me ne occupo io.»

«Aspetta. Che vuoi dire?» sbottai. Gattavius non aveva mai deciso di occuparsi di un caso in prima persona, e il fatto che ora volesse farlo mi spaventava più di qualsiasi altra cosa fosse accaduta fino a quel momento. «Che cos'hai intenzione di fare?»

Lui si sedette sul tavolo proprio di fronte a me, estraendo gli artigli delle zampe anteriori e osservandoli deliziato: «Di certo sai già che i gatti eccellono in tutto ciò che fanno. E, per tua fortuna, io sono ancora più in gamba della maggior parte dei gatti. Ma sai in cosa sono davvero il migliore?»

Scossi il capo, sperando che continuasse. Gattavius si considerava il più grande genio dei nostri tempi, la creatura dai talenti più strabilianti, quindi poteva riferirsi a qualsiasi cosa.

«A braccare le mie prede» rispose con un sorriso inquietante. «Fiuto un topo, e puoi star certa che me lo papperò per cena.»

Continuai a fissarlo senza capire, non sapendo se avesse finito o cosa intendesse esattamente.

Lui sospirò e alzò gli occhi al cielo: «*Peter*. Sto parlando di Peter.»

«Hai intenzione di mangiarlo?» sbottai, sforzandomi di trattenere le risate.

«No, solo...» Il tigrato gemette. «Era un momento così poetico, e tu l'hai rovinato. Potresti prestare attenzione, per cortesia?»

«Sì, scusa» mormorai. Poi attesi che riprendesse il discorso. Quando arrivò alla parte sul fiutare il topo e mangiarlo per cena mi portai una mano al petto e finsi di svenire.

«Mio eroe» dissi in tono melodrammatico.

Gattavius sorrise orgoglioso: «Brava. E vedi di non dimenticartene.»

Oh, nonostante tutte le cose che avevo dimenticato ultimamente, questa era una che non avrei mai potuto cancellare dalla memoria, neanche se avessi voluto.

Qualunque fosse il suo piano, speravo solo che il mio gatto pardon, *il mio eroe* non avrebbe corso troppi rischi.

12

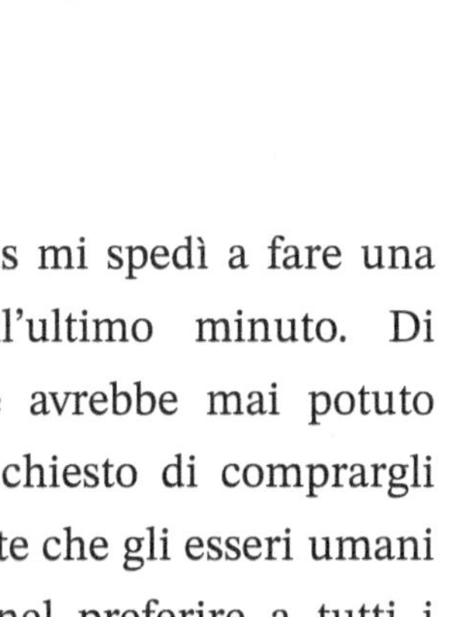

Quella sera Gattavius mi spedì a fare una commissione dell'ultimo minuto. Di tutte le cose che avrebbe mai potuto volere, mi aveva chiesto di comprargli un Apple Watch. Ora, se pensate che gli esseri umani possano talvolta essere snob nel preferire a tutti i costi i Mac, moltiplicate la questione per cento e avrete un'idea di quanto il mio tigrato sia devoto alla sua marca di dispositivi elettronici preferita.

A volte mi rammaricavo di avergli dato quel famoso iPad.

Ovviamente dovetti recarmi nella cittadina accanto per trovare il negozio di elettronica più fornito delle vicinanze, e venni anche derisa dal commesso incaricato di aiutarmi.

«Vuole un Apple Watch per il suo gatto?» chiese incredulo per la terza volta. Sembrava pensare che fossi troppo stupida per comprendere quella domanda.

Decisi di fornirgli qualche spiegazione in più affinché la smettesse di ridere e prendermi in giro e potessimo andare avanti: «Sì, ho bisogno di agganciarglielo al collare per poter vedere dove va quando non è in casa.»

«E deve essere un Apple?» chiese, cercando di riprendere fiato tra le risate. «Ci sono soluzioni decisamente meno costose, progettate specificamente per gli animali.»

Aggrottai un sopracciglio per la frustrazione. Era evidente che quell'uomo non era mai stato di proprietà di un gatto. *Babbeo.*

«Il mio gatto preferisce i dispositivi Apple, ove possibile» risposi con calma, nella speranza di non attirare l'attenzione di altri dipendenti inetti prima di riuscire ad andarmene. «Potremmo darci una mossa?»

«Sì, certo. C'è solo un piccolo problema.» Smise di ridere e mi rivolse un'espressione compassionevole: «L'attuale generazione di Apple Watch necessita di tethering con un cellulare per funzionare sulle lunghe distanze.»

«Sarebbe a dire?»

«Sarebbe a dire che non funziona per l'utilizzo che vuole farne» mi spiegò in tono impaziente.

Mi guardai intorno nel negozio ormai semivuoto. Eravamo quasi all'orario di chiusura, e questo significava che dovevo prendere una decisione in fretta. Avrei dovuto scegliere fra l'ego del mio gatto e la sua sicurezza. Probabilmente penserete che sia una scelta ovvia, ma fu una decisione molto più difficile di quanto mi sarei immaginata.

«Va bene, mi faccia vedere i GPS per animali» dissi infine.

Il dipendente fece un sorrisetto e mi condusse a un espositore in fondo alla corsia in cui avevamo stazionato fino a quel momento. Scelsi il dispositivo che più somigliava a un prodotto Apple e glielo indicai.

«Oh, ottima scelta» disse lui, con un cenno affermativo del capo. «È il modello con le recensioni migliori.»

«Ok, fantastico» dissi in tono sprezzante. Poi abbassai la voce e aggiunsi: «Le darò venti dollari se mi farà un piccolo favore.»

Lui alzò le mani e fece un passo indietro: «Spero che non intenda corrompermi per derubare il negozio in cui lavoro.» Mi si avvicinò, si chinò verso di me e sussurrò: «Non sto dicendo che non lo farei. Solo che il prezzo dovrà essere quello giusto.»

«Cosa? No!» Mi guardai intorno in cerca delle telecamere di sicurezza, che ovviamente erano puntate su di noi: «Le ho già detto che il mio gatto ha una vera e propria devozione per i prodotti Apple. Quindi, non è che avrebbe un adesivo o qualcosa con cui coprire il logo di questo modello e sostituirlo con quello della Apple?»

Lui spalancò gli occhi per la sorpresa. Ormai ne ero certa: non era mai stato di proprietà di un gatto. «Mmm, forse» borbottò, guardandosi intorno in cerca di una via di fuga.

«Senta, so di sembrare pazza, ma le garantisco che non lo sono.» Sorrisi, sperando che capisse che ero innocua. «Non che importi» continuai in fretta. «Potrebbe solo aiutarmi a farlo sembrare un prodotto Apple?»

Dopo qualche altro botta e risposta – e facendosi sganciare ben quaranta dollari per il disturbo – l'uomo accettò di aiutarmi. Quando ebbe finito, me ne andai con un nuovo accessorio decente per Gattavius, e avevo deciso di dirgli che si trattava del nuovo Apple Pet. Nascosi il manuale di istruzioni nel vano portaoggetti dell'auto e gettai la confezione in un cestino della spazzatura. Gli avrei detto che era un modello in esposizione, ancora non in vendita.

Gli sarebbe piaciuta l'idea di un nuovo giocattolino così esclusivo.

E infatti fu felicissimo quando, quella sera, gli mostrai il suo nuovo dispositivo da appendere al collare. «L'Apple Pet. Wow!» disse, deliziato. «È ancora più bello di quel che mi sarei immaginato.»

«E tu sei uno dei primissimi a poterlo sfoggiare» aggiunsi, ignorando il fatto che sarebbe probabilmente stato l'unico gatto al mondo con un mostro di Frankenstein come tracciatore GPS.

La nonna ci aiutò a testare il nuovo acquisto controllando il tracciamento sul cellulare mentre noi facevamo un breve giro in auto. Quando tornammo, ci mostrò il tragitto preciso che avevamo percorso, mappato con cura sul telefono. Sembrava che tutto fosse pronto per la grande missione in solitaria di Gattavius.

«Sii prudente» gli dissi la mattina dopo, senza riuscire a resistere al bisogno di abbracciarlo e dargli un bacino fra le orecchie.

«Angela, per favore!» sbottò, dimenandosi per liberarsi dal mio abbraccio. «L'Apple Pet offre la più recente tecnologia all'avanguardia. Unendola al mio intelletto superiore e alla mia agilità e resistenza straordinarie, risolveremo questo caso prima di sera.»

Mi sentivo male ad avergli mentito, ma sapevo che sarebbe stato meglio per tutti se fosse stato convinto di avere il potere di Apple dalla sua parte. Il piano prevedeva che venisse con me al lavoro in auto quella mattina; poi sarebbe rimasto in attesa fuori dallo studio legale, nascosto fra i cespugli. Quando Peter fosse uscito dall'ufficio a fine turno, Gattavius si sarebbe intrufolato nella sua auto e, restando ben nascosto, lo avrebbe accompagnato ovunque lui si fosse recato quella sera.

Io speravo che si trattasse del Rifugio.

Sia io che la nonna avevamo l'app di tracciamento sul cellulare, così avremmo potuto vedere sempre la posizione di Gattavius. Inoltre, gli avevo detto che a mezzanotte sarei andata a prenderlo, a prescindere da dove si trovasse o da cosa stesse accadendo. Mi rifiutavo di lasciarlo fuori da solo per tutta la notte, soprattutto perché Peter sembrava pericoloso e tutt'altro che affidabile, a giudicare da ciò che era accaduto finora.

«Sei sicuro di volerlo fare?» gli chiesi per l'ennesima volta dopo aver parcheggiato nel minuscolo posto auto dello studio legale.

La determinazione nei suoi occhi non vacillò: «Certo che ne sono sicuro. Hai bisogno di me!»

«Esatto» dissi. «Ho bisogno di te. Quindi, ti prego, fai attenzione e torna a casa sano e salvo.»

«Angela, io...» gli si ruppe la voce. Abbassò la testolina e mi leccò la mano con la linguetta rasposa in una rapida dimostrazione di affetto che mi fece sciogliere il cuore.

«Non una parola su questo, mai più!» bisbigliò, in attesa che aprissi la portiera per farlo scendere.

Ero troppo sbalordita per dire altro, così mi limitati a guardarlo trotterellare via e nascondersi nella vegetazione nei pressi dell'edificio.

Trassi un respiro profondo per calmarmi, poi entrai in ufficio, reprimendo l'impulso di controllare subito l'app di tracciamento. Anche la nonna lo teneva d'occhio. Gattavius se la sarebbe cavata.

Ovviamente Peter arrivò in ritardo per la prima volta da quando lo conoscevo. Quei quaranta minuti circa, trascorsi a pensare che avremmo dovuto rimandare il nostro piano a un altro giorno, mi avevano quasi uccisa. Quando infine giunse, mi ignorò deliberatamente, arrivando perfino a utilizzare degli auricolari pur di non dovermi rivolgere la parola.

Beh, a me andava benissimo.

Attesi la fine del turno con tutta la pazienza che riuscii a racimolare, poi mi precipitai a casa, dove mi sedetti vicino alla nonna; entrambe restammo a guardare il puntino immobile che mostrava la posizione di Gattavius sui cellulari.

«Oh, si sta muovendo» gridò la nonna qualche tempo dopo, mentre sorseggiavamo una tazza di tè caldo con biscottini fatti in casa per completare lo spuntino. In effetti, il puntino si era allontanato dall'ufficio e procedeva lungo Main Street.

Guardai l'ora nella parte superiore della schermata: «Ma è troppo presto!» protestai. «Peter dovrebbe concludere il turno alle cinque.»

«Non oggi, a quanto pare» disse la nonna con un'alzata di spalle poco convinta. I suoi occhi, tuttavia, brillavano per l'eccitazione mentre osservava il puntino che proseguiva il proprio viaggio.

Restammo entrambe in silenzio mentre ne seguivamo i movimenti sulla schermata. Svoltò in una serie di viuzze laterali, poi si fermò.

«Ingrandisci» dissi alla nonna. «Qual è l'indirizzo?»

Lei cliccò sul puntino e l'app ci fornì il nome della via e il numero civico.

«Dev'essere casa di Peter» dissi, catturando la

schermata nel caso in cui quell'informazione potesse servirci in seguito. «Buono a sapersi.»

«E se ha intenzione di farsi solo un po' di *Netflix and chill* occasionale?» chiese la nonna, la preoccupazione evidente dalle rughe che le solcavano la fronte.

«Chi ti ha parlato di queste cose?» chiesi sconvolta.

La nonna fece un gesto sprezzante con la mano: «Uno dei ragazzi del Bingo. Dice che è questo che fanno i giovani d'oggi. Sono lieta che tu trascorra tanto tempo a leggere anziché bruciarti il cervello guardando troppa TV.»

Annuii, nascondendo un sorriso dietro la mano. Era meglio che la mia nonnina non ne sapesse niente di certe cose, finché potevo evitarlo.

Purtroppo, sembrava che avesse ragione, almeno per quanto riguardava il significato che aveva dato lei a quell'espressione. Il puntino rimase fermo per ore. Il povero Gattavius doveva annoiarsi a morte a starsene seduto lì, in attesa che Peter facesse qualcosa di poco raccomandabile.

Sbadigliai più volte, chiedendomi se io e la nonna avremmo dovuto fare dei turni e restare a guardare il puntino immobile finché non fosse finalmente giunto il momento di andare a prendere Gattavius a mezzanotte.

Che noia; e, peggio, che spreco di tempo!

Stavo per dichiarate fallita la missione, quando all'improvviso il puntino riprese a muoversi.

13

«Sono diretti in centro!» gridai, riconoscendo il percorso dopo qualche curva e la svolta in Main Street. Afferrai il cellulare e mi precipitai alla porta, senza concedermi nemmeno il tempo di infilarmi le scarpe da tennis come si deve.

«Vengo anch'io, tesoro» insistette la nonna con il suo consueto tono dolce, raggiungendomi.

«Non se ne parla neanche!» ribattei in tono più ostile di quanto avrei voluto. «Ho bisogno che resti a qui, nel caso in cui qualcosa vada storto. Continua a tenere d'occhio quel puntino!» le gridai da sopra la spalla, chiudendo con violenza la porta e dirigendomi di corsa verso l'auto.

Se Peter e Gattavius erano diretti al Rifugio, allora

volevo andarci anch'io. Agganciai il telefono al supporto e controllai il GPS per l'intero tragitto. Per fortuna Peter fece una sosta, così riuscii miracolosamente ad arrivare in centro prima di lui. Parcheggiai l'auto dietro l'angolo, poi mi nascosi dietro al bidone della spazzatura nel vicolo che conduceva all'ingresso del Rifugio.

Rimasi a osservare senza fiato il puntino che si avvicinava alla mia posizione.

Sempre più vicino, sempre più vicino...

Dovevano trovarsi proprio davanti a me, ormai, ma non vedevo né Peter, né Gattavius.

Invece, un gigantesco pittbull svoltò nel vicolo, correndo proprio nella mia direzione. Rimasi così sconvolta da quell'apparizione improvvisa che mi ci volle qualche istante per rendermi conto che il cane teneva qualcosa tra i denti affilati e scintillanti.

Il mio gatto!

Accidenti, quel cane di dimensioni abnormi trasportava Gattavius per la collottola e sembrava arrabbiato. Risoluto, anche.

«La prego, signor cane» dissi con voce stridula, anche se avrei voluto mostrarmi il più forte possibile in quel momento. «La prego, non ci faccia del male.»

Il cane mi fissò dritto negli occhi e prese a ringhiare.

Mi immobilizzai, proprio come mi avevano insegnato a fare le Girl Scout in caso di attacco da parte di un animale selvatico. Mi avrebbe morsa? Mi avrebbe uccisa? E perché teneva ancora Gattavius fra le zanne?

La porta del Rifugio si aprì e la bestia dall'aria minacciosa gettò Gattavius giù dalle scale. Udii uno straziante scricchiolio quando il tigrato si schiantò a terra. *No!*

«Entra! Subito!» mi ringhiò qualcuno. La voce sembrava quella di Peter, ma doveva appartenere a qualcun altro, giusto? Forse Moss era nascosto lì da qualche parte.

Non riuscivo a muovermi, anche se ora avevo più paura per il mio gatto che per me stessa. Stava bene dopo quella terribile caduta? Cosa voleva quel cane da lui? E come faceva a sapere del Rifugio?

«Angela» La voce di Gattavius mi giunse da lontano. «Angela, non farlo! È una trappola»!

Oh, Gattavius! Allora era vivo! Avrei voluto piangere per la gioia, ma non riuscivo ancora a muovermi.

«Ti ho detto di entrare!» ripeté la voce. Poi il pittbull mi spinse giù per le scale con una testata. La porta si richiuse con violenza alle nostre spalle e scomparve. Anche se, finalmente, riuscivo a pensare e reagire con rapidità, non sarei potuta fuggire neanche volendo.

Il pittbull era in cima alle scale, con aria feroce: «Sapevo che avresti creato problemi» disse. Stavolta ero certa che la voce provenisse dal cane. Mi parlava, proprio come faceva Gattavius. Ma com'era possibile? Come facevo a capirlo? E perché la sua voce assomigliava così tanto a quella di Peter?

Gattavius giaceva dall'altra parte della stanza, a circa un metro dalla parete più lontana. Si sforzò di alzarsi in piedi, ma ricadde su un fianco sussultando per il dolore.

«Non si dice che i gatti cadono sempre in piedi?» ci schernì il cane con la voce di Peter.

«Questo non è corretto, e lo sai» disse Moss, comparendo all'improvviso dalle ombre. «Cosa ti ha spinto a tanto?»

«Ho beccato uno dei vostri a ficcanasare nel mio territorio» rispose il cane facendo un cenno del capo verso Gattavius. «Così ho pensato di portarlo qui e lasciare che sia tu a gestire la cosa, visto che è uno della tua risma.»

Moss si irrigidì, strinse gli occhi e fissò il cane dall'alto in basso: «Non ho intenzione di farlo in questo modo. Mostrati.»

Mi voltai verso il pittbull, ma non abbastanza in

fretta da riuscire a vedere la trasformazione. Nel punto in cui fino a un istante prima stava il cane, c'era Peter, accovacciato sulle quattro zampe. Avevo gli occhi fuori dalle orbite mentre mi sforzavo di trovare una spiegazione a ciò che avevo appena visto.

«Fammi una foto» disse Peter con un sorriso sardonico. «Così potrai vedermi ogni volta che vuoi.»

Una foto? Non era mica una cattiva idea. Avevo ancora il cellulare stretto in mano, così lo sollevai verso di lui e—

Me lo fece volare via di mano con un rapido colpo: «Ma sul serio? Mai sentito parlare di sarcasmo?» chiese, arricciando le labbra per il disgusto.

«Ok, basta così!» strillò Moss, allontanandomi da Peter con uno strattone dalla forza sorprendente e sollevandomi in modo da lasciarmi penzolare proprio davanti al suo volto: «*Tu.* Ti ho già vista. Non avevi detto che era stato Peter a invitarti qui la prima volta?»

Annuii lentamente, senza staccare gli occhi dai suoi. Pur essendo terrorizzata, sapevo di avere più probabilità di suscitare empatia in lui che non in Peter. Sarei riuscita a convincerlo a lasciarci andare senza farci del male? Dovevo provarci.

«Sì, sì» gridai. «La scorsa settimana mi ha detto di venire qui, ma non si è fatto vedere.»

Moss risucchiò aria fra i denti: «Questo è davvero scortese da parte tua, cane. Davvero scortese.» Poi si rivolse nuovamente a me e disse: «Pensavo fossi una di noi. Perché te ne vai in giro con *quello lì*?»

«Una di...»

«Lui è un gatto» mi informò Gattavius con un rantolo. «Credo di averlo fiutato la prima volta che lo abbiamo visto, ma non immaginavo che gli umani fossero in grado di, di...»

«Trasformarsi in animali?» chiese Peter tramutandosi di nuovo in cane, così in fretta che non capii come avesse fatto. Si voltò verso Gattavius con il pelo irto: «Adesso non fai più lo sbruffone, eh signor So-tutto-io?»

«Ehi!» gridai, lottando per liberarmi in modo da poter difendere il mio povero micio ferito. «Lascialo in pace!»

Moss gemette e mi mise giù. «Sai che il Rifugio è territorio neutrale» disse a Peter. «Quindi, smettila.»

Quando tornai a guardarlo, Moss si era trasformato in un magnifico gatto a pelo lungo dai delicati occhi verdi.

«Voi due potreste smetterla?» piagnucolò Gattavius dal suo angolino sul pavimento. «Mi state facendo girare la testa.»

«Stai bene?» gli chiesi correndo da lui e inginocchiandomi per prenderlo fra le braccia.

Mi consentì di stringerlo al petto, cosa che non era mai accaduta in precedenza.

«Sto bene» disse con voce rauca. «Ci ho solo rimesso un'altra vita.»

Vedendo la mia espressione tremendamente preoccupata, fece una risatina secca: «Ehi, non c'è bisogno di preoccuparsi tanto. Me ne restano ancora quasi la metà. Dammi solo qualche istante e tornerò in perfetta forma, pronto all'azione.»

«No» mormorai, premendo la fronte contro la sua e cercando di tenere a freno le lacrime che minacciavano di iniziare a sgorgare. «Basta così. Questa storia finisce qui.»

«Oppure?» chiese Peter con un sogghigno, osservando il nostro scambio di tenerezze con malcelato disgusto.

«Ti ho già detto di smetterla!» soffiò Moss, con un sibilo che sembrava una perdita d'aria da vecchi pneumatici. «Abbiamo concordato di collaborare, qui a Glendale.»

«Allora lei costituisce una minaccia per entrambi» sbottò Peter, nuovamente in forma umana e con le braccia incrociate strette sul petto.

Moss mi fissò, accigliato: «Beh, e cosa vuoi che

faccia? Imprigionarla e lasciare che sia il Consiglio a decidere?»

Peter annuì con enfasi: «Sì, è esattamente quello che voglio che tu faccia.»

«E va bene» disse Moss tornando alla forma umana più veloce di un lampo. Mi sollevò e mi spinse in un angolo della stanza. Cercai di aggredirlo, ma ero bloccata da una sorta di barriera invisibile.

«Ti piace l'acquario?» mi chiese Peter con un sorriso malvagio che avrei voluto cancellargli dalla faccia con un ceffone. Non mi era mai piaciuto e ora lo odiavo con tutta me stessa. Non sarei mai riuscita a perdonarlo per aver fatto del male al mio amico a quattro zampe.

«Non sappiamo ancora chi l'ha mandata o perché, quindi forse dovremmo smetterla di inimicarcela finché non avremo delle risposte» puntualizzò Moss, seppur in tono incerto.

«Cosa sta succedendo?» gridai, continuando a tenere Gattavius stretto al petto. Ora le lacrime sgorgavano copiose e mi colavano, scottanti, lungo le guance.

Moss si morse il labbro, poi si rivolse a Peter: «Dobbiamo almeno spezzare il sortilegio, se vogliamo tenerla qui. Se vi sarà sottoposta per troppo tempo, impazzirà. Lo sai, Peter.»

«Ok.» Peter schioccò le dita e il vecchio seminterrato umido si trasformò all'istante in un elegante club sotterraneo. Finalmente potevo vedere il cosiddetto Rifugio. Pannelli in ciliegio ricoprivano le pareti, mentre il pavimento era rivestito in marmo. E io e Gattavius ci trovavamo in un acquario, proprio come aveva detto Peter: la minuscola stanzetta in cui eravamo imprigionati aveva due pareti di vetro e altre due di legno.

Balzai in piedi e iniziai a tempestare di pugni lo spesso strato di vetro: «Fateci uscire!» gridai.

«Non se ne parla!» disse Peter con una risata inquietante. Si stava divertendo decisamente troppo. Era stato quello il suo piano fin dall'inizio? Ma per quale motivo avrebbe dovuto spingersi a tanto per appropriarsi del mio modesto impiego di assistente legale?

«Per ora non possiamo lasciarvi andare. Non finché il Consiglio non avrà deciso» disse Moss, stringendosi nelle spalle come se fosse dispiaciuto.

Ancora questo Consiglio? Chi erano? Che decisione avrebbero preso?

Guardai oltre Moss, alla disperata ricerca di una via di fuga. Fu allora che mi resi conto che avevamo un pubblico.

14

l Rifugio sembrava un club per soli uomini. Non riuscii a individuare neanche una donna, ma supposi che potessero esservi delle femmine fra i vari cani e gatti presenti. Sprofondai nell'angolo creato dalle due pareti di legno e mi sforzai di non apparire turbata dalla bizzarra piega degli eventi.

Dopo essersi leccato le ferite ancora un po', Gattavius scese dal mio grembo e iniziò a fare avanti e indietro lungo la parete di vetro. «Su col morale. Non lasciare che ti vedano così abbattuta» mi ordinò, quasi come se gli fosse già capitato di trovarsi prigioniero. Dovevo proprio fargli qualche domanda sulla sua infanzia felina, quando fossimo riusciti a tirarci fuori da quel pasticcio.

«Cos'è successo mentre eri con Peter?» gli chiesi a

bassa voce, sperando che nessun altro riuscisse a udire la nostra conversazione.

«Oh Angela, è stata tutta colpa mia!» Si voltò di scatto verso di me, con gli occhi ambrati pieni di dolore, anziché della consueta compostezza. «Sarebbe andato tutto bene, ma mentre stavamo andando in centro, Peter ha preso una curva a velocità folle e io non sono riuscito a evitarlo. Ho g-g-g-gridato!» Ora il mio gatto singhiozzava sul serio, come se si fosse reso conto per la prima volta di non essere davvero perfetto. *Poverino.* Quell'esperienza doveva aver sconvolto la sua visione del mondo tanto quanto era accaduto a me, se non di più.

Gattavius cercò di mantenere il controllo mentre proseguiva, ma cedette in vari punti del racconto: «Lui ha frenato di colpo e mi ha trascinato fuori per la c-c-collottola, poi mi ha rinchiuso nel bagagliaio per il resto del tragitto. Quando ci siamo fermati, a-a-avevo intenzione di balzargli addosso puntando agli occhi, ma non è stato l-l-lui ad aprire il portellone. È stato quell'altro lui.»

Il cane. Ancora non riuscivo a credere che Peter fosse in grado di trasformarsi in pittbull a piacimento. Era roba da fiabe, e mi sembrava ben poco attinente alla cittadina costiera da cartolina in cui vivevo.

«Sei riuscito a scoprire qualcosa di utile?» chiesi,

osservandolo mentre continuava a fare avanti e indietro. Detestavo vederlo così sconvolto, ma era un sollievo constatare che riusciva a muoversi e a parlare normalmente.

«Non finché non siamo arrivati qui» rispose Gattavius con un sospiro. «Ma ero così malconcio dopo la c-c-caduta dalle scale che temo di essermi perso quasi tutto. E...» Tirò su col naso e ci riprovò. «E!»

Scoppiò di nuovo, inspiegabilmente, in lacrime. Le spalle gli si sollevavano per l'angoscia mentre si sforzava, senza riuscirci, di proseguire.

«Va tutto bene» dissi con dolcezza, tamburellando piano con le dita sul pavimento accanto a me affinché si avvicinasse. «Puoi dirmelo. Di qualsiasi cosa si tratti, non ti amerò neanche un briciolo in meno.»

Gattavius trotterellò al mio fianco, poi voltò il muso dall'altra parte e borbottò: «Il mio nuovo Apple Pet ha preso una botta molto forte e... è andato in m-m-m-mille pezzi, Angela!» concluse infine.

«Oh, Octavius» dissi, usando il suo nome per aiutarlo a ricordarsi chi fosse. Non sopportavo di vederlo così abbattuto. «Non preoccuparti per quello. In realtà, se la cosa può farti sentire meglio, non era affatto un Apple.»

Si voltò verso di me, gli occhi spalancati, ma ora

per un motivo diverso: puro e semplice orrore. «*Cosa?*» sbottò.

Oh no. Desideravo così tanto aiutarlo da non aver pensato a quali conseguenze avrebbe avuto *per me* quella rivelazione. Avrei dovuto tenere ben chiusa la mia boccaccia. Ma ormai avevo vuotato il sacco...

«Non era un Apple» ripetei, intrappolata dal suo guardo infuriato e indagatore. Ora ero io a balbettare. «Gli Apple Watch necessitano del tethering con un cellulare per funzionare a distanza e io v-v-volevo che fossi al sicuro, così—»

«Angela!» sbraitò. Poi abbassò il tono ed entrò in modalità predica. Detestavo quando faceva così. Significava che era troppo arrabbiato perfino per insultarmi. «Se mi avessi comprato un Apple come ti avevo chiesto, niente di tutto questo sarebbe accaduto.»

«Non è vero!» ribattei. Aveva descritto con cura il motivo per cui Peter lo aveva scoperto e non aveva niente a che fare con il GPS o un suo eventuale malfunzionamento.

Appiattì le orecchie contro la testa e inarcò la schiena: «Non posso credere che tu mi abbia spinto a pensare che potevo essere stato *io* a mandare tutto clamorosamente a monte. Come hai potuto permettere che dubitassi di me stesso in questo modo?»

Chinai il capo, pentita: «M-mi d-dispiace.»

«Dispiacersi non è sufficiente, Angela» disse con un verso di disapprovazione. «Se avessi seguito le mie istruzioni, peraltro molto semplici e chiare, non ci troveremmo in questo pasticcio!»

Ora ero io a sentirmi in colpa, ma, se non altro, lui sembrava sentirsi meglio a ogni parola. Forse avremmo finito per equilibrarci. «Va bene, è tutta colpa mia. Contento?»

Gattavius scosse di nuovo il capo, con lentezza questa volta: «Pensavo di averti addestrata meglio.»

«Potrai proseguire con l'addestramento più tardi» gli promisi con un sospirone triste. «Ora dobbiamo concentrarci e trovare un modo per uscire di qui.»

«Beh, questo è facile» disse lui stringendosi nelle spalle.

Balzai in piedi: «Fantastico! Allora dimmelo.»

Gattavius proseguì impassibile: «Non ce ne sono.»

«Magnifico.» Ripiombai sul pavimento, ma poi mi resi conto che forse non avrei dovuto prendere le sue parole per oro colato in quella situazione: «Come fai a esserne così sicuro?»

«Per via della magia» rispose in tono pratico.

«Ma avevi detto che non sei in grado di vedere le tracce della magia.»

«Infatti, ma forse ora riesco a percepirla almeno

un po'.» Mi tese una zampa come a dimostrarlo. «Tu non ci riesci?»

«Beh, io...» Chiusi gli occhi e mi concentrai sulla respirazione, cercando di capire se riuscivo a percepire qualcosa di diverso rispetto a prima che entrassimo nel Rifugio. Ci provai con tutta me stessa, ma senza alcun risultato. «Ecco... no» dissi in tono patetico, chiedendomi se la nuova capacità del tigrato non fosse in realtà solo una sua fantasia.

Gattavius emise un verso basso e frustò l'aria con la coda: «In ogni caso, abbiamo visto un uomo trasformarsi in cane e un altro in gatto. Abbiamo visto questo posto comparire dal nulla e trasformarsi all'istante da scantinato sporco a night club chic. Penso che possiamo affermare con ragionevole certezza di trovarci in territorio magico.»

Aveva indubbiamente ragione.

«Ma cosa vogliono da noi?» borbottai, guardando Peter che rideva e scherzava con un gruppetto di persone che non avevo mai visto.

«Non lo so.» Gattavius aveva ripreso a camminare avanti e indietro; nel frattempo Peter smise di parlare e lanciò uno sguardo nella mia direzione, con un'espressione trionfante sul volto.

Mi rifiutavo di dargliela vinta, soprattutto finché

non avessi compreso appieno la posta in gioco: «Come ha fatto Peter a scoprire il mio segreto?»

«Non so nemmeno questo.»

Deglutii, poi posi la domanda più difficile: «Ci uccideranno?»

Gattavius si fermò e mi lanciò un'occhiata da sopra la spalla: «Beh, mi hanno già fatto fuori una volta, anche se non credo che sia stato intenzionale.»

«Sei davvero morto poco fa?»

Lui annuì con un ghigno: «Per la terza volta.»

«E come sei morto le due volte precedenti?» domandai. In effetti era da parecchio che me lo chiedevo. Se proprio non potevamo fuggire dalla prigione magica, avremmo almeno potuto trascorrere il tempo a parlare del nostro passato, di ciò che era accaduto prima che ci incontrassimo. Eravamo sempre così presi dalle nostre avventure da aver avuto molto di rado l'occasione di ripercorrere insieme il viale dei ricordi.

Gattavius si sedette di fronte a me; capii che quella che mi attendeva era una storia interessante, che forse mi avrebbe aiutata a non pensare alla difficile situazione in cui ci trovavamo. «Beh, la prima volta è successo in spiaggia. Stavo—»

Uno dei pannelli di vetro scivolò di lato con un

fruscio, interrompendo quello che di sicuro si sarebbe potuto rivelare un racconto affascinante. Forse Gattavius avrebbe accettato di riparlarne in futuro.

Moss in versione felina scivolò all'interno e, non appena ebbe attraversato la barriera, la parete di vetro si richiuse con violenza.

«Cosa sta succedendo?» chiesi in tono supplice, rimanendo seduta in modo da trovarmi all'altezza dei gatti. «Sei qui per aiutarci?»

Moss si sedette accanto al vetro, mantenendosi alla maggior distanza possibile da noi: «Non posso affermarlo con certezza. Forse.»

«Forse cosa? Forse ci aiuterai?» Mi avvicinai a lui camminando carponi, appoggiata su mani e ginocchia. Dall'esterno dell'acquario si levarono risate, ma non mi importava nulla dei presenti. L'unica cosa che volevo era cercare aiuto, e Moss sembrava la nostra unica possibilità.

«Sì» rispose, guardandomi dall'alto in basso mentre mi avvicinavo. «Ma prima ho delle domande.»

«Vuole interrogarci» tradusse Gattavius, anche se non ce n'era bisogno. «Proprio come in *Law & Order*.»

Moss sorrise, e quel semplice gesto mi fece sentire

a mio agio. Era proprio un bel gatto, anche se non l'avrei mai ammesso davanti a Gattavius.

«Sì, beh, le cose sono un po' diverse quando c'è di mezzo il Consiglio» disse lui continuando a sorridere, anche se la sua espressione era un po' cambiata.

«Diverse in che senso?» chiesi sollevando un sopracciglio. Lentamente la paura stava tornado a impossessarsi di me. Che progetti avevano per noi? Come avremmo potuto far cambiare loro idea? Non mi importava più di scoprire tutto sulla mia capacità di parlare con gli animali. Ora erano queste le domande alle quali avevo un disperato bisogno di risposte.

Moss ridacchiò, gli occhi verdi fissi nei miei.

Rimasi immobile, in attesa della grande rivelazione.

Infine, Moss smise di ridere e ci disse: «Tanto per cominciare, noi non siamo i buoni.»

Deglutii, ma niente di ciò che potevo fare avrebbe potuto farmi sentire meglio.

Eravamo stati catturati da una gang di mutaforma magici che mostravano ben poco rispetto per le regole.

Se fossimo morti in quel luogo, qualcuno lo avrebbe mai scoperto?

All'improvviso fui grata per il fatto che il GPS di Gattavius si fosse rotto. Almeno sapevo che la nonna sarebbe stata al sicuro.

Anche se noi non lo eravamo affatto.

15

«Per chi lavorate?» chiese Moss voltandosi di nuovo bruscamente verso di me.

Acclamazioni di esultanza si levarono nel club. Sbattei le palpebre per l'orrore, notando una decina di umani e animali affollarsi di fronte al vetro e spintonarsi per accaparrarsi il posto migliore. *Oh, magnifico.* Io e Gattavius eravamo diventati le ignare star di un contorto reality show magico.

«Non ti diremo proprio niente!» gridò Gattavius, sputando a terra. Quella pagliacciata strappò risatine al pubblico.

«In realtà non c'è niente da dire, dato che non lavoriamo per nessuno» spiegai, nella speranza che Gattavius non abboccasse all'esca del suo momento di celebrità e mi lasciasse gestire la situazione. «Se non per *Longfellow, Peters e Associates*» aggiunsi, sforzandomi di mantenere la calma.

«Peters» disse Moss strofinandosi il mento con una zampa. «Interessante.»

«Non *quel* Peters» lo corressi, lanciando una rapida occhiata alla folla lì riunita. Peter era in piedi dall'altra parte del vetro, intento a osservare la scena con uno sguardo bramoso che trovavo inquietante. «Bethany Peters. Lei è buona.»

«Sono fatti tutti della stessa pasta, mia cara» disse Moss ridacchiando. Conosceva Bethany? E – *accidenti* – lei era come Peter? Com'era mai possibile?

Perché avevo la sensazione che tutti stessero recitando in un film d'altri tempi? Perfino Gattavius aveva gli occhi che luccicavano, ora che si era accorto di avere un pubblico.

Io, invece? Io volevo solo tornarmene a casa sana e salva e lasciarmi alle spalle quella disavventura. Se questo avesse significato non scoprire mai la verità sul mio superpotere, allora pazienza. Meglio viva che ben informata.

«Davvero collabori con i cani?» chiese Gattavius, per poi sputare nuovamente a terra. Questa volta nessuno rise, e la sua espressione si fece delusa.

«La smetti di sputare?» chiesi con un sospiro esasperato. Ora mi sentivo parimenti infastidita e terrorizzata. Avrei preferito essere legata o avere una pistola puntata addosso, come nelle mie disavventure precedenti. Almeno avrei saputo contro cosa stavo lottando. Qui invece tutti erano folli, imprevedibili e dotati di poteri straordinari.

Non avevo buone probabilità di cavarmela, considerando che, apparentemente, ero l'unica persona semi-normale e non del tutto fuori di testa tra i presenti.

«Riesci a parlare con lui» puntualizzò Moss stringendo gli occhi e indicando Gattavius con un cenno del capo. Non saremmo arrivati da nessuna parte, se Moss aveva intenzione di rianalizzare tutti i fatti già assodati.

«Sì, ma questo lo sapevi già» dissi, passandomi le mani fra i capelli per la frustrazione. «E poi, che importanza ha? Anche tu riesci a parlare con lui.»

«Chi vi ha mandati?» chiese di nuovo Moss.

«Ci hai già chiesto anche questo e ti ho già detto che non ci ha mandati nessuno. Beh, eccetto Peter» spiegai, guardandolo in cagnesco.

«State facendo il doppio gioco?»

Un lieve «*Ohh*» si levò dalla folla. A quanto pareva era una domanda di grande importanza. Peccato che non avessi la minima idea di cosa rispondere.

«Che cosa? Non so proprio di cosa tu stia parlando.»

«Trasformati!» ordinò Moss, guardando me, poi Gattavius, poi di nuovo me.

«Non ne siamo in grado.» Alzai gli occhi al cielo per mostrargli quanto trovassi ridicola quella richiesta.

Gattavius sputò nuovamente a terra e disse: «Impossibile, gatto dal pelo troppo cresciuto!»

Oh, caspita! Pensavo che se ne sarebbe stato zitto, dopo che la sua ultima sceneggiata non aveva incontrato il consenso del pubblico. Sapevo bene che, più avesse parlato, più tempo ci sarebbe voluto. Per fortuna, Moss sembrava più interessato a me che a lui.

«Trasformati!» mi intimò di nuovo, sollevando minacciosamente una zampa con gli artigli sfoderati.

Non sussultai nemmeno: «Ti ho detto che non ne sono capace» sibilai a denti stretti.

Quella risposta sembrò non piacergli, perché si lanciò verso la mia faccia e mi affondò gli artigli nella guancia.

La voce di Peter sovrastò le altre, mentre il dolore mi attanagliava il viso: «Lo trovi divertente, ora che la situazione si è ribaltata?»

Il sangue mi sgocciolava sulla maglietta, ma avevo

troppa paura per concentrarmi sul dolore: «Puoi torturarmi finché ti pare. Non ho risposte diverse da darti» dissi digrignando i denti.

«Nessuno può attaccare la mia umana e sopravvivere per raccontarlo!» gridò Gattavius, facendosi avanti per affrontare Moss.

«Fermatevi!» gridai a entrambi. Gattavius non poteva affrontare un combattimento dopo aver appena perso una vita. Per quanto trovassi nobile la sua decisione di difendermi, quella era una battaglia che avrebbe perso.

«Ti prego, smettila!» scongiurai Moss, che aveva le zanne puntate alla gola di Gattavius. «Ti dirò tutto quello che so. Non è molto, ma te lo dirò.»

Gattavius indietreggiò; aveva il pelo ritto e la coda così gonfia da sembrare un gatto a pelo lungo.

«Saggia decisione.» Moss strofinò gli artigli sul pavimento di marmo, come per ricordarmi che poteva ancora farci del male se avessimo nuovamente passato il segno. «Allora, chi di voi due è magico?»

«Nessuno dei due» risposi, coprendomi il volto con le mani per difendermi. «Non ho mai saputo dell'esistenza della magia fino a questa settimana, e fino a circa sei mesi fa non ero nemmeno in grado di parlare con lui.»

Moss si avvicinò e si sollevò sulle zampe posteriori. Mi premette le anteriori contro il petto avvicinando il muso al mio viso e domandò: «Cosa è successo sei mesi fa?»

«Ho preso la scossa da una macchina da caffè» risposi senza fiato. La guancia aveva iniziato a pulsare dolorosamente. Più che farmi arrabbiare, la cosa mi spaventava.

«E quando ha ripreso i sensi, riuscivamo a capirci» concluse Gattavius per me.

«Piuttosto deludente» disse Moss. Ora la sua voce aveva un'intonazione lievemente nasale. Se aveva un accento, finora aveva fatto un ottimo lavoro nel nasconderlo. Mi chiesi se ora si notasse perché era agitato, proprio come lo ero io.

Forse io e Gattavius avevamo ancora una possibilità di cavarcela.

«Ma non sei in grado di trasformarti?» chiese per quella che mi parve la milionesima volta nel giro di pochi minuti.

Scossi il capo così forte da farmi male. Come potevo convincere una volta per tutte lui e tutti gli altri che ci fissavano con smania? *«No!»* dissi nel tono più enfatico possibile. «E non so fare nemmeno quella roba della memoria.»

«Della memoria... Oh.» Moss scoppiò a ridere a crepapelle, e il pubblico si unì a lui. «Quindi sei una *normie*?» chiese infine, asciugandosi le lacrime mentre cercava di ricomporsi. Gattavius non aveva mai riso fino alle lacrime. Mi chiesi se Moss ci riuscisse perché era a tutti gli effetti umano.

«Se intendi dire che sono una persona qualunque, senza poteri magici, allora sì» gli dissi con sguardo duro.

Moss fece un cenno del capo verso Gattavius: «E lui?»

Annuii di nuovo: «È un gatto normalissimo.»

«Scusami tanto» soffiò Gattavius, avvicinandosi a noi a passi pesanti. «Io sono tutto fuorché—»

«Zitto!»» gli gridai. Non era il momento di mettere in mostra il suo ego ipertrofico.

«Cosa ci state nascondendo?» chiese Moss voltandosi verso Gattavius, ma continuando a guardarmi di sottecchi.

«Niente. Lo giuro.»

Lui fissò Gattavius per qualche istante poi scoppiò in una risatina scortese: «Ah, ho capito» concluse. «Lui è solo un comune gatto qualsiasi con un'opinione di sé assurdamente elevata.»

Lasciai andare il fiato che non mi ero accorta di trattenere: «Sì. Esatto.»

«Quindi siete stati colpiti da una risonanza magica» proseguì.

Non avrei saputo dire se si trattasse di un'affermazione o di una domanda: «Ne sei sicuro?»

«Ed è per questo che non comparite su nessuno dei nostri sistemi di tracciamento» continuò. «Siete entità non magiche con un'unica capacità magica.»

Annuii. Quella spiegazione aveva senso, considerando che c'erano solo due cose di cui ero certa: non ero una maga e riuscivo a parlare con Gattavius.

Un sussulto collettivo si levò dalla folla. Perché erano così interessati a me, quando erano loro quelli in grado di fare cose straordinarie?

«Succede spesso?» chiesi, improvvisamente bisognosa di saperne di più.

Moss scosse il capo: «Proprio no. Hai detto che è iniziato tutto sei mesi fa?»

Annuii di nuovo. Finalmente qualcuno mi avrebbe dato delle risposte. Le sentivo ribollire sotto la superficie. Peter non mi aveva aiutata, ma Moss l'avrebbe fatto. Me lo sentivo.

«È preoccupante!» disse lui.

«Perché?»

«Chi è dotato di magia lo è fin dalla nascita. E se si viene colpiti da un residuo magico, questo in genere svanisce nel giro di ventiquattr'ore.»

«Allora cosa sono?» chiesi, con il cuore che mi martellava nel petto.

«Dipende» disse lui con espressione pensierosa.

«Da cosa?» Ero pronta a scongiurarlo pur di saperne di più. Non capiva quanto fosse disperato il mio bisogno di sapere?

«Dal fatto che tu decida di collaborare o meno» rispose con sguardo meditabondo.

Per qualche istante nessuno disse nulla; poi Peter apparve accanto al vetro: «Potresti essere un grosso problema» disse, lanciandoci un'occhiataccia.

«O la nostra arma migliore» concluse Moss, i cui occhi ora scintillavano di gioia malvagia.

«No, no, no. Non voglio essere un'arma» ribattei, indietreggiando finché non mi trovai con la schiena contro la parete.

«E io?» chiese Gattavius. «Anch'io sono un'arma?»

«Tu?» rise Moss scuotendo il capo. «Tu sei solo un comunissimo gatto tigrato come mille altri.»

16

Gattavius indietreggiò fino ad andare a sbattere contro la parete di vetro. *«No»* mormorava ripetutamente. «No, non è possibile.»

Dalla folla si levarono grandi risate; ma, nonostante l'attenzione che aveva suscitato, capivo che il mio gatto stava soffrendo. Moltissimo.

«Non dargli retta» lo supplicai, alzandomi in piedi per raggiungerlo. Sobbalzò al mio tocco, poi si spostò fuori dalla mia portata: «Non farlo» disse tristemente, rifiutandosi di guadarmi.

«Sempre tutte queste storie» disse Peter avvicinandosi a quattro zampe per unirsi a noi nell'acquario. Fece un gesto circolare con il braccio e il vetro divenne una superficie opaca e scintillante, che impediva di vedere e sentire dall'esterno.

«Ora siamo soli» disse lui, a conferma di quel pensiero, sedendosi acquattato. La gigantesca lingua gli pendeva di lato dalle fauci aperte, un chiaro segno di quanto fosse desideroso di procedere.

«Mi verrebbe più facile parlare con voi in forma umana» dissi, chiudendo forte gli occhi mentre mi voltavo. Una parte di me non riusciva ancora a credere che stesse accadendo davvero.

«Facciamo a modo tuo» disse freddamente Peter.

Quando riaprii gli occhi, entrambi erano tornati alla forma umana, mentre Gattavius se ne stava di spalle, imbronciato, nel suo angolino.

«Ora pensi di collaborare?» chiese Moss. Ai suoi occhi verdi non fuggiva nemmeno uno dei miei movimenti.

«O preferisci farlo con le cattive?» chiese Peter. A quanto pareva avevano ricominciato a giocare al poliziotto buono e poliziotto cattivo. Ma questa volta non mi sarei fatta ingannare. Moss aveva già ammesso che nessuno di loro era uno dei buoni, perciò era ragionevole pensare che nessuno dei due mi avrebbe aiutata per pura gentilezza. Volevano qualcosa da me, e io potevo solo sperare che il prezzo da pagare non fosse troppo alto.

Mi morsi il labbro con forza mentre li fissavo; e loro fissavano me. A quel punto non riuscii più a sopportare quello studiato silenzio. Un milione di domande mi frullava per la testa e lasciai che le prime zampillassero fuori: «Cosa volete da me? E se non siete i buoni, chi siete? Avete intenzione di lasciarci andare?»

Peter arricciò le labbra in modo sgradevole e fece un verso di disapprovazione: «Tutte queste domande, mentre tu non vuoi neanche rispondere a un'unica, semplice richiesta.»

«*Collabora*» mormorò Gattavius dall'altro capo della stanza-acquario. Teneva la fronte premuta contro la parete, come se quello fosse l'unico modo per non accasciarsi a terra. Non lo avevo mai visto così. Neanche lontanamente. A quel punto capii che dovevo dire e fare il necessario per uscire da lì e poterlo aiutare, di qualsiasi cosa si fosse trattato.

«E va bene» riposi, continuando a fissare il tigrato desolato per ricordarmi la ragione per cui, all'improvviso, ero disposta a dare una mano al mio nemico. «Cosa volete da me?»

«Soldi» disse Peter con un sorrisetto. «Un sacco di soldi.»

Mi sentii mancare. Dopo tutto quel pasticcio magico senza senso, davvero volevano solo i miei soldi? «A-al momento non ne ho molti, ma se mi permetterete di farvi dei pagamenti mensili io—»

«Non vogliamo soldi da te» chiarì Moss. «Piuttosto, *useremo te* per procurarceli.»

Fu allora che tutti i pezzi del puzzle iniziarono ad andare a posto. Finalmente riuscivo a vedere le cose come stavano. «I furti in centro» mormorai, per nulla sorpresa che quei tipi si abbassassero a tanto, e al contempo delusa da me stessa per non esserci arrivata prima.

Pur essendo in forma umana, Peter si leccò le fauci: «Le prime sono state facili, ma la gioielleria ha un allarme dotato di sensore anti-magia.»

«Per questo non siete riusciti a entrarci l'altra sera» dissi. Ecco perché avevamo visto quei cani correre avanti e indietro in giro per il centro durante l'appostamento. Tutto combaciava alla perfezione e Moss aveva appena fornito il tassello mancante per completare quel rompicapo.

«Ehi, cerca di non giudicarci troppo severamente» disse il mutaforma felino a occhi sgranati. «Era invisibile, quindi non ne abbiamo scoperto la presenza finché non è stato troppo tardi.»

Oh, li giudicavo male eccome, e non solo per quello. «Come avete fatto a entrare negli altri negozi?» chiesi, incoraggiata dalla voglia di saperne di più.

«Con un sortilegio» disse Moss come se quella fosse l'unica risposta sensata a qualsiasi domanda. Ricordavo di aver letto di sortilegi e malie in uno dei libri di fiabe che mi piaceva da bambina, ma questo risaliva ai tempi in cui ancora non sapevo che la magia esiste davvero e può anche essere pericolosa.

Ora che ci riflettevo, questo spiegava molte cose: come avesse fatto il sudicio scantinato a trasformarsi in ciò che vedevo adesso, o il modo in cui Peter mi aveva alterato i ricordi in più occasioni. Era così anche per quanto riguardava la loro capacità di trasformarsi in animali?

Volevo saperne di più, ma più ancora volevo fuggire da lì.

«Non vedo come potrei aiutarvi» dissi, portandomi un dito alla bocca e mangiucchiandomi le unghie nel tentativo di trovare un po' di conforto.

«Beh, è molto semplice» disse Moss stiracchiandosi. «Abbiamo il codice dell'antifurto normale, e tu non sei dotata di magia, quindi non attiverai il sensore anti-magia.»

«Ma non mi beccheranno con le telecamere di sorveglianza?» chiesi, domandandolo più a me stessa cha a lui.

Moss scosse il capo: «Non se fai entrare il gatto.»

«Non ho nessuna intenzione di rubare» ribattei.

Non capivano che ero una brava persona? Che, pur avendo assorbito della risonanza magica, non avevo niente a che fare con loro?

Fu allora che Peter mi si avvicinò di scatto: «Vuoi uscirne viva?»

Senza dubbio mi avrebbe aggredita se Moss non gli avesse afferrato il braccio, strattonandolo indietro.

«Fallo e basta, Angela» borbottò Gattavius, con la testa ancora appoggiata alla parete. «Per me ormai è troppo tardi, ma tu puoi ancora salvarti.»

Oh. Mi si spezzò nuovamente il cuore per lui. Aveva ragione. Dovevo smettere di temporeggiare. Potevo ancora salvare entrambi, e lo avrei fatto!

«Quando?» chiesi, leccandomi le labbra.

Un gran sorriso si dipinse sul volto lentigginoso di Moss: «Stanotte.»

«Poi ci lascerete andare?» chiesi, osservandolo attentamente per capire se stesse mentendo.

«Sì, non ci servite proprio a niente se non a questo» disse lui con un rapido cenno del capo.

«Ma se ci imbatteremo in un altro sensore anti-magia, ti chiameremo di nuovo» aggiunse Peter.

Incrociai le braccia sul petto, imbronciata: «Non ho intenzione di stare al vostro servizio.»

«Vuoi che tutti vengano a conoscenza del tuo

piccolo segreto?» chiese Peter, scrocchiandosi le nocche per mettere in mostra i robusti pugni.

Mi morsi il labbro per non rispondere. Non volevo rivelare la mia capacità di parlare con gli animali, ma al momento quell'eventualità sembrava il male minore. Se l'unica cosa che Peter poteva fare era minacciare di dirlo a tutti, sarebbe bastato che fossi io stessa a rivelarlo.

«Va bene» dissi a denti stretti, avvicinandomi a Gattavius. «Lo farò, ma prima ci serve qualche minuto da soli.»

«Di modo che possiate ideare un piano per fuggire? Non se ne parla!» Peter si ritrasformò in cane e mostrò le zanne.

Moss appoggiò una mano sulla testa del pittbull: «Tu vai. Resterò io a controllarli.»

Peter continuava a ringhiare e Moss gli diede uno schiaffo sulla testa: «Potranno anche non essere magici, ma sono comunque della mia gente. È meglio che sia io a occuparmene. Ora vattene.»

Peter si allontanò con la coda tra le gambe, frignando. Avrei riso a quella vista se non fossi stata così spaventata.

«Non capisco» dissi a Moss quando il vetro opaco si richiuse. «Se vi odiate così tanto, perché lavorate insieme?»

Lui sospirò, come se anche a lui la questione non piacesse affatto: «Fa parte della tregua decretata dal Consiglio molti anni fa.»

«Ma che cos'è questo Consiglio di cui continuate a parlare?»

«È il tribunale che governa il mondo magico» rispose. Sembrava che le mie domande non lo infastidissero, ora che avevo accettato di collaborare e che Peter se n'era andato.

«Sono loro i buoni?» chiesi speranzosa.

Moss annuì: «Si, sono i buoni. Ma ci sono anche i cattivi. Nel nostro mondo collaborano.»

Scossi il capo senza capire: «Ma non ha senso.»

«Forse per te no, ma per sopravvivere il mondo magico ha bisogno di equilibrio perfetto in ogni suo aspetto: bene e male, luce e ombra, realtà e finzione.»

«Cani e gatti?» chiesi, abbozzando un sorriso.

«Esattamente» confermò Moss in tono solenne.

Ci riflettei, e la cosa sembrava sensata, anche se era evidente che il loro mondo funzionava in modo ben diverso dal nostro. «Potresti darci qualche istante per parlare?»

Entrambi ci voltammo a osservare Gattavius, ancora con la fronte premuta contro il freddo legno della parete.

«Ha bisogno di me» spiegai, tenendo per tutto il

tempo gli occhi fissi sul mio amico a quattro zampe depresso. «E ha bisogno anche di un discorsetto d'incoraggiamento, se volete che vi aiuti.»

Moss si sistemò nell'angolo opposto della stanza, poi si voltò e borbottò da sopra la spalla: «Fai pure.»

Raggiunsi Gattavius e mi sedetti di fianco a lui: «Giornataccia, eh?»

Lui fece una risatina sarcastica, ma tornò quasi subito in silenzio.

«Loro non ti conoscono, Octavius. Non come ti conosco io.» Pregavo che capisse, che non crollasse. Ne aveva passate tante, troppe, perché fosse questo a dargli il colpo di grazia.

«Hanno detto che sono un gatto come mille altri» disse con voce strozzata.

«Si sbagliano!» ribattei con fermezza, accarezzando il suo mantello morbido.

«Loro sanno fare cose strabilianti, cose che non mi sarei nemmeno mai sognato» mi spiegò, evitando di incontrare il mio sguardo.

«Ma anche tu sai fare cose sorprendenti. E senza l'aiuto della magia. Con quella è troppo facile.»

Finalmente si voltò verso di me, con una guancia ancora appoggiata alla parete: «Stai dicendo che usare la magia equivale a barare?»

«Sì!» risposi con un ampio sorriso. Mi piaceva

quando mi aiutava a sviscerare un concetto aggiungendo quello che non dicevo io. Potevo convincerlo di qualsiasi cosa facendo leva sulla sua bizzarra logica felina. Annuii più volte: «Poco ma sicuro!»

Lui tirò su col naso e lanciò un'occhiata fuggevole a Moss. «Se barano, devono essere squalificati.»

«Hai ragione» replicai. Non mi era ben chiaro di cosa stessimo parlando, ma supponevo che si trattasse della gara per il miglior gatto fra i presenti o qualcosa del genere. «Dovrebbero assolutamente essere squalificati.»

Un sorrisino gli increspò le labbra: «Se loro vengono squalificati, io vinco a tavolino.»

«Il miglior gatto del mondo!» dissi senza esitazioni.

Lui si alzò e si allontanò dalla parete: «Ok, Angela. Sono pronto.»

Ci fissammo negli occhi e ci sorridemmo—amici, compagni di indagini e ora anche complici nel crimine, a quanto pareva. «Diamoci da fare!» dicemmo all'unisono.

17

Restammo nell'acquario per un altro paio d'ore, mentre tutti aspettavano che giungesse il momento di entrare in azione. La nonna doveva ormai essere impazzita per la preoccupazione. Potevo solo sperare di riuscire a tornare da lei al più presto.

Dovevamo giusto toglierci l'incombenza di commettere una minuscola rapina, poi io e Gattavius saremmo stati liberi e avremmo potuto tornare a casa. Quando il tigrato fu tornato in sé e si sentì pronto a collaborare, Peter ci spiegò ciò che si aspettavano che facessimo, un interminabile passo dopo l'altro. A quanto pareva era da un bel pezzo che preparavano quel piano. La cosa mi spinse a chiedermi se Peter ci avrebbe rapiti, nel caso in cui non lo avessimo seguito in centro di nostra iniziativa.

Il piano era il seguente.

Sarei entrata dalla porta sul retro con una copia della chiave, che avevano sgraffignato e fatto preparare all'inizio della settimana. Poi avrei disattivato l'allarme con il codice fornitomi da loro e avrei aperto la porta in modo che Gattavius potesse sgattaiolare dentro, buttando a terra i gioielli in esposizione.

Quando lui mi avesse dato il segnale, io avrei fatto irruzione, con addosso una tuta verde che mi avrebbe coperto anche il volto, e il mio gatto sarebbe restato di guardia mentre io avrei infilato il bottino nell'enorme borsa che i bravi ragazzi del Rifugio si erano premurati di fornirmi.

Una volta uscita, uno di loro avrebbe usato un sortilegio per rendermi invisibile – a quanto pareva sarebbe stato più facile con la tua verde addosso – e saremmo tornati di corsa al Rifugio. Una volta accertatisi che avessi svolto il lavoro in modo soddisfacente, Moss e Peter ci avrebbero cancellato i ricordi dell'accaduto e saremmo potuti tornare alle nostre vite.

Questo, ovviamente, a patto che tutto filasse liscio.

E che Peter non decidesse di costringermi ad aiutarlo di nuovo in futuro. Questo non faceva che aumentare la mia già notevole diffidenza nei suoi confronti.

Detestavo tutto di quella serata.

Il signor Gable, il vecchio proprietario della gioielleria, era sempre stato gentile con me ogni volta che lo avevo incontrato. Aveva perfino aiutato i miei genitori a scegliere il ciondolo a forma di cuore che mi avevano regalato per il mio diciottesimo compleanno. Che fosse o meno assicurato contro le rapine, non meritava affatto una cosa del genere.

Nessuno lo meritava.

Tra l'altro, era evidente che anche il signor Gable era dotato di magia. Altrimenti non avrebbe avuto l'accortezza di aggiungere un allarme con sensore anti-magia al sistema di sicurezza del negozio. E questo mi portava a chiedermi... anche lui era in grado di trasformarsi in animale, utilizzare sortilegi per nascondere gli oggetti e modificare i ricordi?

L'anziano negoziante era uno dei pilastri della comunità da che avessi memoria, e trovavo snervante l'idea che la magia fosse sempre stata così vicina a me senza che io nemmeno lo sospettassi. Lui era uno dei buoni o dei cattivi? Ma, in fondo, aveva qualche importanza, considerando che le due fazioni collaboravano?

Mi sentivo persa in quello strano, nuovo mondo.

Volevo solo tornare alla normalità il prima possibile.

Quando Moss riapparve per farci uscire dall'acquario, ero pronta a fare qualsiasi cosa, se questo avesse significato tornare liberi più in fretta. Ora Gattavius era di umore decisamente migliore e sembrava perfino un po' emozionato per la missione che eravamo costretti a svolgere.

«Ci vogliono agilità e astuzia da gatto per certe cose» disse in tono scherzoso quando Moss e Peter ci raggiunsero per scortarci alla gioielleria.

Avrei voluto fuggire, ma sapevo che sarebbe stato inutile. Era una sfida impari, e l'unico modo in cui potevo uscire da quella situazione senza che andasse a finire male era fare esattamente come mi era stato detto.

«Sei pronta?» chiese Moss, rafforzando la presa sul mio braccio quando girammo l'angolo. «Hai capito bene cosa devi fare?»

Peter mi stringeva l'altro braccio con altrettanta forza. Avrei di certo avuto i lividi la mattina dopo, ammesso che ci fossi arrivata viva. «Se provi a fare qualche scherzo, lo verremo a sapere. E ti prometto che mi assicurerò personalmente che la tua vita diventi un inferno.»

Annuii cupamente: «Ho capito.» Non dubitavo

della sincerità di quella specifica affermazione. Peter aveva iniziato a crearmi problemi fin dal nostro primo incontro in ufficio. Forse perfino da prima.

«Il gatto resterà con noi finché non avrai disattivato l'allarme normale» disse Moss. «Chiaro?»

Gattavius si dibatteva, stretto sotto il braccio di Moss; non disse nulla per incoraggiarmi mentre mi preparavo a entrare in azione.

«Sì, è tutto chiaro» dissi con sguardo rabbioso.

Infine, Moss e Peter mi lasciarono andare, spintonandomi lungo il vicolo.

La piccola chiave metallica sembrava scottarmi il palmo della mano, unica testimone della mia rovina. Quella gente aveva fatto del male a me e al mio gatto. Avevano fatto del male ad altre persone, e non avevano ancora finito. Probabilmente non avrebbero mai smesso.

Valeva davvero la pena portare avanti quella catena di distruzione e cupidigia?

E se avessi fatto come mi era stato detto e loro ci avessero comunque tenuti prigionieri?

Supponevo che tutto fosse possibile.

Non c'erano certezze nella vita, soprattutto quando si aveva a che fare con gentaglia di quella risma. Ma dovevo almeno provare a tornare a casa sana e salva. Dopotutto, non ero il loro unico ostaggio: Gattavius era ancora nelle loro grinfie e non avrebbe sopportato di trascorrere altre quattro vite a sentirsi dire che era un gatto come mille altri.

Avevo appena raggiuto la porta. Stava succedendo davvero. A me. In quel preciso momento. La chiave scivolò nella toppa senza incontrare resistenza; trassi un profondo respiro mentre aprivo e giravo la maniglia. Nel corridoio l'allarme iniziò a suonare con un cinguettio di avvertimento. Avevo dieci secondi per inserire il codice, proprio come mi aveva detto Peter.

Chiusi gli occhi e vidi i numeri comparire davanti a me. Trovai il tastierino, identificai il primo numero e premetti il pulsante.

Con un altro profondo respiro premetti anche il secondo. Riaprii gli occhi. Potevo farcela. Lo stavo facendo. Fare qualcosa di male non mi avrebbe reso una persona cattiva, dato che ero stata minacciata e costretta ad aiutarli a commettere quel crimine.

Ero a metà della prima fase del piano. Solo altre due cifre e solo una manciata di secondi rimasti.

Nel tempo che impiegai a premere il terzo pulsante, mi ritrovai con la fronte madida di sudore. Il respiro rallentò, non perché fossi calma, bensì perché a ogni istante prendere fiato diventava sempre più difficile. Mi girava la testa, e la vista divenne sfocata mentre fissavo il tastierino di fronte a me.

Solo un ultimo numero, poi tutto questo – o per lo meno, *questa parte* – sarebbe finito.

Sollevai l'indice, cercando di non farmi distrarre dal modo in cui il dito mi tremava mentre lo avvicinavo ai pulsanti.

Chiusi gli occhi e premetti forte...

Il pulsante di emergenza.

Una sirena spaccatimpani risuonò sopra di me, ma non feci il minimo tentativo di scappare. *Mi troveranno qui.*

Una voce risuonò dagli altoparlanti, ma ero troppo sconvolta per dire alcunché. Speravo solo che Moss e Peter non facessero del male a Gattavius per ritorsione, e che lui credesse in se stesso abbastanza da reagire.

Ci volle qualche minuto perché l'agente Bouchard, armato di tutto punto, arrivasse sulla scena del crimine. Quando mi vide in attesa con le mani alzate, fece un passo indietro per la sorpresa: «Angie. Che cosa ci fai qui? Hai visto chi è stato?»

Annuii, stoica: «Sì, sono stata io.»

«Tu?» Fece una pausa per grattarsi la testa e arricciò il naso: «Non è possibile.»

«Sono entrata qui di mia volontà con questa chiave.» La gettai a terra verso di lui.

L'agente mosse il piede per avvicinarla a sé, ma

non si chinò a raccoglierla: «Allora perché hai premuto il pulsante di emergenza?»

«Non avevo altra scelta» singhiozzai. «Hanno minacciato me e il mio gatto.»

«Immaginavo che si trattasse di qualcosa del genere» disse l'agente Bouchard, con la fronte solcata da rughe di preoccupazione. «Abbassa le mani. Non ho intenzione di arrestarti.»

Trassi un profondo respiro e abbassai le braccia lungo i fianchi. Le lacrime ripresero a scorrere. Ma non mi importava di me stessa. Ero tremendamente preoccupata per Gattavius, più di qualsiasi altra cosa. Avevo forse firmato la sua condanna a morte rifiutandomi di stare al gioco e portare a termine il meschino piano di quei tipacci magici?

«Chi ti ha costretta a farlo, Angie?» mi chiese l'agente con gentilezza.

Trassi un profondo respiro. Dovevo farlo. Peter aveva promesso di rendere la mia vita un inferno. Ma lui non sapeva che costringermi ad abbassarmi al suo livello avrebbe avuto lo stesso effetto. Non sarei riuscita a sopportare il senso di colpa se avessi fatto qualcosa di così orribile. Anche se mi avesse cancellato la memoria, in fondo al cuore avrei sempre saputo che c'era qualcosa che non andava.

Era il momento di assicurarmi che i cattivi pagassero per i crimini commessi. Anche se l'agente Bouchard non avrebbe potuto comprendere pienamente in che modo la banda aveva effettuato le rapine in centro, speravo che la mia testimonianza sarebbe stata sufficiente per farli arrestare e portarli in carcere.

«Peter Peters e Moss... non ricordo come fa di cognome» gli dissi con voce forte e sicura.

«Va tutto bene, Angie» disse lui, appoggiandomi una mano sulla spalla per confortarmi. «Ora sei al sicuro.»

Forse sì, ma ancora non avevo idea di cosa fosse accaduto al mio povero gatto.

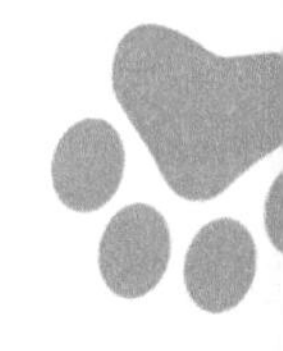

18

’agente Bouchard mi accompagnò a casa con la volante, dato che i miei rapitori mi avevano sequestrato sia il cellulare, sia le chiavi dell’auto. Quando arrivammo, la nonna scese di corsa i gradini del portico e mi strinse in un abbraccio.

«Ero così preoccupata!» disse con un singhiozzo e il viso sprofondato nei miei capelli. Poi fece un passo indietro e mi colpì il petto: «Non farmi *mai più* uno scherzo del genere!»

«Grazie, agente» dissi con un sorrisino di gratitudine, anche se il mio cuore era in pezzi e si spezzava ancora di più a ogni minuto che passava senza che sapessi dove si trovava il mio migliore amico a quattro zampe. Era trascorsa quasi un’ora da quando l’agente

Bouchard mi aveva trovata con le mani in alto nel negozio del signor Gable. Dopo che gli avevo dato il nome di Peter, mi aveva permesso di perlustrare l'area del centro in lungo e in largo, mentre lui iniziava a indagare su quella nuova pista.

Purtroppo, nonostante la frenetica ricerca, non ero riuscita a trovare Gattavius da nessuna parte.

«Dov'è Gattavius?» chiese la nonna, passandomi un braccio intorno alle spalle e conducendomi in casa.

«N-n-non lo so» balbettai.

«Oh, tesoro» disse lei, la bocca premuta in una linea sottile. «Per prima cosa preparo il tè, poi mi racconterai tutto.»

Attesi sul divano mentre la nonna armeggiava con il bollitore. Poco dopo mi appoggiò una tazza di tè all'ibisco fra le mani tremanti.

«Aiuta a ritrovare le forze» disse, prendendo posto accanto a me sul rigido divano. «Quando ti senti pronta, ti ascolto, tesoro.»

All'agente Bouchard non avevo potuto raccontare tutti i dettagli della storia, ma con la nonna non ne tralasciai nemmeno uno. Quando arrivai alla parte in cui avevo deciso di informare le autorità anziché cedere alle pretese di Peter e Moss, lei mi rivolse un sorriso radioso.

«Sono così orgogliosa di te, tesoro! Hai fatto la cosa giusta.» Mi abbracciò e mi diede un bacio sulla fronte.

«Ma Gattavius...» ribattei, sentendomi la peggior proprietaria di animali del mondo.

La nonna attese che sollevassi lo sguardo su di lei, poi disse: «Noi due sappiamo che non è affatto un gatto come tutti gli altri. È intelligente e sa sempre come cavarsela. E non dimenticare che è forte come una roccia.»

Tirai su col naso mentre la persona che più amavo al mondo mi asciugava le lacrime. Non si sarebbe mai nemmeno sognata di mentirmi. Se lei diceva che Gattavius se la sarebbe cavata, potevo star certa che lui avrebbe trovato il modo di fare ritorno a casa. Lo avremmo trovato, o lui avrebbe trovato noi. Non avrei mai potuto accettare che le cose andassero diversamente.

Con grande fatica e molto aiuto da parte della nonna, infine andai a letto. Naturalmente lei venne a controllarmi più volte durante la notte, accampando scuse ridicole una dopo l'altra sulle ragioni della sua presenza. Mi fece sentire meglio sapere che mi stava accanto, che ci sarebbe stata sempre.

Anche se Gattavius non c'era.

Quasi non chiusi occhio: a ogni suono che udivo,

mi illudevo che si trattasse di lui che tornava da me. Quando il sole sorse, ero ormai fuori di me per la preoccupazione.

Un paio d'ore dopo la nonna entrò nella mia stanza con una tazza di caffè e una focaccina dolce appena sfornata e si sedette accanto a me, accarezzandomi i capelli mentre parlava: «Ho già telefonato in ufficio dicendo che sei malata, e suppongo che tu sia molto assonnata, quindi guiderò io durante le ricerche.»

«Grazie, nonna» dissi con un profondo sbadiglio. Cercai di alzarmi in piedi, ma ricaddi sul letto, esausta. Le mie membra sembravano troppo pesanti per riuscire a muoversi.

«Resta seduta per un po'» mi disse la nonna, rimboccandomi le coperte. «Fai colazione. Nel frattempo inizio a telefonare ai rifugi per animali.»

Si diresse verso le scale, ma le chiesi di fermarsi.

«*Resta qui*» la supplicai. «Non credo di riuscire a stare da sola.»

«Va bene.» La nonna annuì, si accomodò sul fondo del letto e tirò fuori dalla tasca il cellulare. «Lo troveremo!» mi promise di nuovo, mentre componeva il numero del primo rifugio dell'elenco e attendeva che il telefono iniziasse a squillare.

Uno dopo l'altro, gli addetti dissero di non avere

nessuna notizia del nostro gatto, ma che avrebbero richiamato se lo avessero trovato. A ogni telefonata l'angoscia mi stringeva il cuore un po' di più. Avevo bisogno di sapere che Gattavius stava bene, che la mia precipitosa decisione non gli era costata la vita.

Quando ebbe terminato, la nonna mi mise il cellulare tra le mani e disse: «Tienilo tu finché non ne comprerai uno nuovo. Serve più a te che a me.»

Annuii e finii il caffè con una sola, grande sorsata; poi cercai nuovamente di alzarmi in piedi. Questa volta non caddi. Era già qualcosa.

«Andiamo» dissi alla nonna, aggrappandomi al corrimano per riuscire a scendere le scale. «Non posso aspettare nemmeno un istante di più.»

Fu allora che il cellulare squillò.

Nella frenesia di rispondere, lo feci cadere e rotolò giù per le scale.

La nonna si precipitò a recuperarlo e riuscì a rispondere prima che riattaccassero. Mi rivolse un'occhiata gioiosa mentre parlava.

Rimasi in piedi in cima alle scale, in attesa, cercando di non farmi troppe illusioni.

Un sorrisone si dipinse sul volto della nonna quando disse: «Sì, sembra proprio lui. Arriveremo con il primo traghetto.»

Riattaccò e mi porse il telefono mentre mi precipitavo giù per le scale, inciampando ma riuscendo a evitare di cadere. «L'hanno trovato?»

La nonna annuì gioiosamente: «Sì. Tra tutti i posti possibili, si trova in un piccolo studio veterinario a Caraway Island.»

Caraway Island? Come ci era arrivato? Sapevo che non avrebbe osato affrontare una nuotata del genere, e l'ultimo traghetto era partito alle otto di sera.

«Qualcuno ce lo ha portato di proposito» dissi a denti stretti. «E sono piuttosto certa di sapere esattamente chi è stato.»

«Oh, cielo.» La nonna canticchiò qualcosa, poi disse: «Che fine hanno fatto le tue priorità? Per prima cosa riportiamo a casa il nostro amico a quattro zampe, poi penseremo a come farla pagare a quei furfanti.»

Dovemmo aspettare un'ora buona prima di poterci imbarcare sul traghetto successivo, ma se non altro il tragitto da Blueberry Bay all'isola richiedeva poco tempo. Una volta lì, ci volle poco anche per trovare lo studio veterinario.

«Abbiamo scansionato il microchip del micio e vi abbiamo chiamate subito» spiegò la donna che ci accolse, che era uno dei tecnici di laboratorio. Grazie al cielo, dopo l'adozione ufficiale di Gattavius avevo aggiornato i dati inserendo sia il mio numero, sia quello della nonna. In caso contrario, avrebbero chiamato il numero ormai inesistente della sua ex proprietaria defunta. Mi chiesi anche se il mio cellulare fosse ancora attivo e se fosse ancora nelle mani dei cattivi.

«Lui dov'è?» chiesi, guardandomi intorno ansiosamente nel piccolo ufficio. «Sta bene? Non vedo l'ora di vederlo!»

Io e la nonna ci tenemmo per mano mentre aspettavamo che la donna tornasse da noi, con Gattavius che si divincolava tra le sue braccia. «Ha proprio un bel caratterino, lui» commentò lei con una risatina.

«Gattavius!» gridai, piangendo per il sollievo. Sì, *piangendo*. Ero di nuovo in lacrime, ma questa volta ero troppo felice per sentirmi in imbarazzo. «Mi sei mancato moltissimo!»

Lui si lasciò prendere in braccio e iniziò a fare le fusa mentre lo stringevo al petto, cullandolo.

«Ci hai fatto preoccupare un sacco, ragazzone» disse la nonna, dandogli una grattatina sotto il mento.

«*Miao*» disse lui con sguardo adorante. Aveva sempre avuto una vera e propria venerazione per la nonna.

Ringraziammo e ci dirigemmo al parcheggio. Non vedevo l'ora che Gattavius mi raccontasse l'intera storia. Quando fummo tutti al sicuro nella coupé sportiva rossa della nonna, me lo poggiai in grembo e dissi: «Allora, raccontaci tutto!»

Lui non rispose; sembrava teso mentre sollevava con cautela la testa per guardare fuori dal finestrino.

«Gattavius» dissi con una risatina nervosa. «Non fare così. Eravamo preoccupatissime per te. Mi dispiace tanto per tutto quello che è successo, ma sono così felice che tu stia bene!»

«*Miao*» disse lui in tono sgarbato.

«Ehi, so che sei arrabbiato con me, ora, ma per favore, puoi dirci cos'è successo dopo che sono entrata nella gioielleria? Per favore, fallo per la nonna.» Restai in attesa, trattenendo il fiato. Se voleva ricoprirmi di insulti in gattese, me ne sarei rimasta seduta da brava ad ascoltare. In fin dei conti era tutta colpa mia, mi meritavo i peggiori insulti possibili.

Gattavius piegò la testa di lato e miagolò di nuovo.

Fu allora che capii che era accaduto il peggio.

Il mio gatto non capiva più cosa dicevo.

Il residuo magico di cui Moss aveva parlato, alla fine era svanito. Avevo perso l'unica cosa che mi rendeva speciale e, insieme a essa, il miglior amico che avessi mai avuto. Qualcosa di importante era morto dentro di me, e ci sarebbe voluto un miracolo per riportarlo in vita.

Doveva sicuramente esserci un modo.

Non potevo accettare che le cose andassero altrimenti.

Io e Gattavius saremmo riusciti a sistemare tutto. Insieme potevamo fare qualsiasi cosa.

Fallire non era contemplato tra le opzioni.

19

Quando fummo di ritorno dal viaggio a Caraway Island, vidi una Lexus dall'aspetto familiare parcheggiata nel vialetto che conduceva a casa nostra. L'avevo vista quasi ogni giorno per buona parte dell'anno e sapevo con certezza che apparteneva a Bethany, la mia nemica-amica che ora era anche il mio capo.

Pensavo che avessimo fatto grandi progressi nel nostro rapporto. Almeno finché non aveva assunto Peter e si era rifiutata di stare a sentire i miei dubbi in merito.

Era seduta su una delle sedie a dondolo che la nonna aveva sistemato sotto al portico quell'estate. Quando scendemmo dall'auto, si alzò in piedi ma non ci venne incontro; invece, attese che fossimo noi a raggiungerla.

«Portalo dentro» dissi alla nonna, consegnandole Gattavius. Avevo paura di lasciarlo da solo, fin dal momento in cui eravamo andate a prenderlo. Ok, aveva perso la capacità di parlare con me, e non una zampa, ma il dolore che ciò mi provocava era ben più profondo di quanto avrei potuto immaginare. Mi chiedevo se lo sapesse e se fosse così anche per lui.

«Vieni con la tua nonnina, bel micino carino» disse con dolcezza la nonna scomparendo dentro casa. Anche se aveva capito che io e Gattavius non riuscivamo più a comunicare, lei non era mai riuscita a parlare con lui. Per quanto riguardava il loro rapporto, tutto era perfettamente normale. Sapevo che sarebbe stato felice con lei. La nonna aveva sempre occupato un posto speciale nel cuore del mio gatto.

Ma ora che non riuscivamo più a comunicare come prima, ci sarebbe ancora stato un posto speciale per me nel suo cuore? Non potevo indulgere su pensieri del genere. Avremmo trovato il modo di sistemare tutto. Dovevo crederci e dovevo credere in noi.

«Che cosa vuoi?» chiesi a Bethany. Ero troppo esausta e infelice per sforzarmi di essere gentile. Inoltre, ero ben più che un tantino arrabbiata, perché era stata lei a portare Peter nella mia vita.

«Suppongo che tu abbia saputo di mio cugino» disse lei, risedendosi e incrociando le caviglie in una posa da duchessa.

Mi sedetti a mia volta su un'altra delle sedie a dondolo, più che altro perché ero sfinita e non mi reggevo in piedi: «A cosa ti riferisci? Al fatto che è stato arrestato? Che è il responsabile dei furti in centro? O forse al fatto che sa trasformarsi in cane?!»

Bethany risucchiò l'aria fra i denti. I suoi capelli biondo chiaro ondeggiavano lievi nella brezza, e teneva la giacca appoggiata in grembo, anche se non faceva affatto freddo. In altre circostanze avrebbe potuto essere uno splendido pomeriggio estivo. Ma, per come erano andate le cose, quella giornata si era trasformata nel mio inferno personale.

Proprio come Peter mi aveva promesso se avessi combinato qualche scherzo.

«Lo sapevi?» chiesi a Bethany. «Eri a conoscenza di questa storia?»

Lei annuì: «Sì, ma non avrei mai pensato che potesse farti del male. Devi credermi!»

«Pensavo che fossimo amiche» dissi freddamente. Il suo tradimento mi faceva soffrire. Non potevo fare finta di niente.

«Lo eravamo» insistette lei. Sembrava che volesse aggiungere altro, ma non lo fece. Sospirò, poi disse: «Spero che lo siamo ancora.»

Incrociai le braccia sul petto, rifiutandomi di rispondere. Quel giorno avevo già perso qualcosa di troppo importante. Anche se non avrei voluto perdere anche la sua amicizia, non sapevo se sarei mai riuscita a perdonarla per ciò che Peter ci aveva fatto, perché tutto questo non sarebbe mai accaduto se lei non lo avesse assunto, o se mi avesse ascoltata quando avevo provato a parlarle.

«Perché sei qui?» chiesi. Ormai non mi importava che la mia voce avesse un tono freddo e incurante, e nemmeno che tecnicamente lei fosse il mio capo.

«Per aiutarti» disse lei con dolcezza. «E per spiegarti alcune cose.»

Feci un cenno sprezzante con la mano: «Beh, allora vai avanti e facciamola finita.»

«Ho assunto Peter perché pensavo che avere un lavoro onesto lo avrebbe aiutato. Non avevo intenzione di ferirti e non pensavo che ci saresti andata di mezzo tu.» Lo disse così in fretta che mi ci volle qualche istante per elaborare il concetto. «*Ti prego*, se anche non crederai a nient'altro di ciò che ti dirò oggi, credi almeno a questo.»

Ci riflettei ma rimasi in silenzio, in attesa che

proseguisse. Forse nessuna spiegazione sarebbe stata sufficiente a quel punto, ma almeno, finalmente, qualcuno mi avrebbe dato delle risposte senza minacciarmi o farmi del male.

«Sapevo che frequentava degli individui poco raccomandabili, ma non avevo idea che fosse così coinvolto. Speravo che non fosse troppo tardi per salvarlo, ma a quanto pare mi sbagliavo.» La maggior parte delle donne che conoscevo si sarebbe messa a piangere per farsi compatire, ma non Bethany. Lei resisteva stoicamente fino alla fine. Lo aveva sempre fatto.

«Sapevi della magia?» chiesi.

«*Sì*» disse con enfasi. Chiuse gli occhi e ammise: «Perché ne sono dotata anch'io.»

La fissai a bocca spalancata, in modo tutt'altro che educato. Era ovvio che fosse così. Dopotutto, erano cugini. «E la usi anche tu per derubare la gente?» chiesi sbuffando.

«No» disse con convinzione, scuotendo il capo. «Non la uso affatto.»

«E che cosa mi dici degli oli essenziali?» borbottai, ripensando a tutte le stranezze che avevo notato in lei da quando la conoscevo. Per quel che ne sapevo, era una persona perfettamente normale, se non si considerava l'ossessione per gli strani miscugli di aromi sempre diversi. «Si tratta di pozioni, filtri o cosa?»

Risi amaramente a quel pensiero, ma lei si mantenne risoluta.

«Non sono una strega» mi disse. «In primis, perché le cosiddette streghe non esistono.»

«Come faccio a crederti? Fino a pochi giorni fa non sapevo nemmeno dell'esistenza della magia.» Feci una pausa per sottolineare il concetto. «Dove inizia e dove finisce? Ora come faccio a sapere cosa è reale e cosa non lo è?»

«Non puoi» rispose tristemente. «Mi dispiace che tu sia stata trascinata in tutto questo. Non avrei mai voluto che accadesse proprio a te.»

«Allora cos'è che hai fatto per tutto questo tempo?» Non riuscivo a crederle sulla parola. Non più. Ne avevo viste a sufficienza per potermi fidare di chiunque appartenesse al loro mondo. «Hai continuato a mentire in attesa del momento giusto?»

Sembrava davvero addolorata, ma la cosa mi importava solo in minima parte. Anch'io ero stata ferita. Distrutta. Irrimediabilmente danneggiata.

«Cercavo di vivere una vita normale, proprio come te.»

«Ma tu sei una di loro» le ricordai.

«Non tutti coloro che sono dotati di magia sono cattivi.»

«Peter lo è.»

«Sì» confermò lei con un sospiro. «Desideravo qualcosa di meglio per lui, ma ormai era troppo tardi per poterlo aiutare.»

Restammo sedute in silenzio per qualche istante, mentre il vento soffiava piegando i fili d'erba troppo cresciuti e creando onde nel prato davanti alla tenuta.

«Ti sei mai chiesta perché riesci a parlare con gli animali?» mi chiese Bethany con gli occhi pieni di lacrime non versate. Era troppo tosta per piangere, e questa era un'altra differenza inconciliabile fra noi.

Io piangevo senza ritegno. Perché continuare a sforzarsi? «Lo sai anche tu?» chiesi, ormai troppo esausta perché qualcosa potesse ancora sconvolgermi.

Lei annuì, poi sollevò la giacca che teneva in grembo e me la lanciò: «La riconosci?»

«È una delle tue orrende giacche.»

«Farò finta di non aver sentito, perché so quanto stai soffrendo ora» disse, restando in attesa.

Tastai il tessuto leggero, che emanava aroma di ginepro e limone.

«Ricordi di averla indossata?» insistette lei.

Ripensai alle numerose occasioni in cui Thompson mi aveva costretta a farmi prestare degli abiti da Bethany per avere un aspetto presentabile quando qualche cliente importante si recava allo studio legale.

E fu allora che l'ultimo pezzo di quel diabolico puzzle trovò il suo posto: «Alla lettura del testamento di Ethel Fulton!» risposi.

«Sì» disse lei con un cenno affermativo del capo. «Ora capisci che cos'è successo?»

«Il residuo magico di cui ha parlato Moss. Era tuo?»

Lei annuì di nuovo: «Era nella mia giacca. La scossa elettrica lo ha rafforzato, trasferendo a te l'energia magica.»

«Ma io non sono magica» dissi con uno sbuffo.

«No, non del tutto. Di solito le risonanze magiche svaniscono in breve tempo. Il fatto che nel tuo caso non sia stato così è colpa mia, temo.»

Mi voltai verso di lei con un centinaio di domande che mi si affollavano nella mente. Ma mi uscì di bocca un'unica parola: «*Perché?*»

«Te l'ho già detto, io non pratico la magia. Quindi l'energia magica non ha nessun posto in cui andare. Negli anni se n'è accumulata parecchia, che se n'è rimasta lì, ben stipata. La scossa l'ha sbloccata creando una reazione.»

«Ma non sono in grado di far dimenticare le cose

alla gente, di fare sortilegi o di trasformarmi in animale.» Mi sentivo così piccola e indifesa mentre le elencavo tutto ciò che non sapevo fare. Da quando avevo iniziato a parlare con Gattavius, avevo pensato di avere dei superpoteri. Che beffa! Nel mondo esistevano davvero esseri umani dotati di capacità straordinarie, e io non ero uno di loro.

«Hai ricevuto una dose di magia, piccola ma potente, dalla mia giacca» mi spiegò Bethany osservandomi con attenzione. «Ed è accaduto lo stesso anche al gatto.»

La scrutai in volto mentre lottava per trovare le parole.

«Lui era lì vicino e, in qualche modo, la magia ha creato un legame tra voi. Ma non so perché tu abbia ricevuto una sola abilità magica o perché non sia ancora svanita.»

«Oh, Bethany» dissi, nuovamente in lacrime per tutto ciò che avevo perso. «E invece lo è. Io e Gattavius... non riusciamo più a parlarci.»

Fu allora che mi resi conto di una fantastica possibilità: «Puoi sistemare le cose? Puoi far tornare tutto come prima?»

Bethany si morse il labbro e trasse un profondo respiro: «Come ti ho detto, non utilizzo la magia» ribadì. «Ma per te farò un'eccezione.»

20

«La cosa davvero ironica è che meno utilizzi la magia più essa diventa forte» mi spiegò Bethany mentre sedevamo una accanto all'altra nella biblioteca di casa mia. Gattavius mi si era accomodato in grembo. Alla nonna, invece, avevo chiesto di non partecipare. Anche se le volevo bene più che a chiunque altro, sentivo che doveva essere una questione privata.

«Fa tutto parte del grande equilibrio» proseguì Bethany, mentre io fissavo gli alberi che ondeggiavano nella brezza lieve fuori dalla finestra. «Serve a evitare che chi è troppo affamato di potere diventi eccessivamente potente. Per mantenere segreto e al sicuro il mondo magico.»

«Moss ha accennato a qualcosa del genere» dissi, annuendo mentre ricordavo gli eventi dell'imprigionamento nell'acquario.

«Come ti ho detto prima, il fatto di essere una maga che non pratica la magia mi rende insolitamente forte» continuò Bethany. «Ma non ho esperienza nell'imbrigliarla. Posso provare a trasferirtene una parte, ma potrebbe anche non funzionare.» Deglutì. «E c'è anche la possibilità che tu ti faccia male. Molto male.»

«Vale la pena correre il rischio» dissi senza esitare, accarezzando Gattavius mentre parlavo. «Sono pronta.»

«Per avere le migliori probabilità di riuscita, dobbiamo ricreare il più accuratamente possibile ciò che è accaduto alla lettura del testamento. Per questo ho portato la giacca.» Fece un cenno verso l'indumento che giaceva spiegazzato sulle mie gambe, poi prese la borsa della spesa di stoffa riutilizzabile che aveva portato con sé.

Quado vidi ciò che ne tirò fuori, balzai in piedi in preda al più assoluto terrore: «Tieni quella cosa lontana da me!» gridai fissando la vecchia macchina da caffè dell'ufficio, rifiutandomi anche solo di sbattere le palpebre finché non fosse stata messa via. La prima volta mi aveva quasi uccisa e non avevo dubbi che questa volta intendesse portare a termine l'opera.

«Dobbiamo ricreare ciò che è accaduto quel giorno» mi ricordò Bethany. «Mi dispiace, ma è il modo più sicuro per far funzionare la cosa.»

Rabbrividii violentemente mentre osservavo il malvagio apparecchio. Potevo farcela? Potevo affrontare quella profonda e ben motivata paura e sopravvivere per raccontarlo?

Gattavius miagolò e mi si strofinò contro le caviglie. Quando mi chinai per accarezzarlo, mi accorsi che stava facendo le fusa. Mi diede una leccatina con la linguetta rasposa, poi saltò sul bovindo e iniziò a strusciarsi contro la macchina da caffè, tenendo gli occhi fissi su di me per tutto il tempo.

Sorrisi, nonostante la paura che provavo: «Se lui crede che funzionerà, allora ci credo anch'io. Ehm, ti dispiace se tengo gli occhi chiusi?»

«Fai come preferisci» disse Bethany, posizionando la macchina da caffè di fianco alla presa elettrica. «Mi sono presa la libertà di sfilacciare un po' il cavo. Ho pensato che così sarà più probabile riuscire a prendere la scossa.»

Oh, sommo gaudio.

Gattavius miagolò di nuovo. Lui credeva in me, credeva in noi. Avrei fatto qualsiasi cosa per proteggere lui e il nostro rapporto, anche se ciò avesse significato gettarmi a capofitto in una situazione pericolosa—cosa che, a quanto pareva, era esattamente ciò che stavo per fare.

Bethany mi appoggiò entrambe le mani sulle spalle; percepii una sensazione di piacevole tepore trasferirsi da lei a me attraverso la giacca. «Sei pronta?» mi chiese, interrompendo quel contatto.

Annuii, poi chiusi gli occhi, stringendoli il più possibile, e mi lasciai guidare verso la trappola mortale distilla-caffè. Gattavius rimase al mio fianco a ogni passo e, quando a occhi chiusi allungai la mano senza riuscire a trovare il cavo, lui me la spinse nella direzione giusta.

Ormai c'era solo una cosa da fare.

Trassi un respiro profondo – augurandomi che non fosse l'ultimo – poi presi il cavo e inserii la spina nella presa. Quando sentii l'energia elettrica scorrermi in corpo, sorrisi, caddi a terra e svenni.

* * *

«Angie? Angie? Stai bene?» mi chiese Bethany quando rinvenni, con la testa appoggiata sul suo grembo.

«Che cos'è successo?» chiesi. Avevo la mente... annebbiata.

«Ha funzionato?» mi chiese, eccitata, ignorando completamente la mia domanda.

Mi aiutò a mettermi seduta e io mi guardai intorno nella stanza. Eravamo a casa mia, nella biblioteca che avevo scelto come mio posticino speciale. Ma per quale motivo eravamo lì?

Gattavius mi si avvicinò con cautela, quasi come se rischiasse di essere contagiato da qualsiasi cosa potessi avere: «Puah!» disse. «Puzzi ancora come quel seminterrato.»

Gli occhi mi si riempirono di lacrime e, all'improvviso, ricordai tutto: «Tu parli!» dissi, singhiozzando senza ritegno.

Bethany esultò, sollevando un pugno in aria.

Gattavius scosse il capo, meravigliato: «Certo che parlo. L'ho sempre fatto. Ma ora mi capisci di nuovo. Per tutte le vibrisse, ho così tante cose da raccontarti!»

«Ha funzionato» dissi fra i singhiozzi. «Sono di nuovo magica!»

Bethany mi appoggiò con delicatezza una mano sulla spalla: «Credo che ti sbagli su questo. Non vedi? Non sei tu a essere magica: è il vostro legame a esserlo.»

«Sembra un episodio de *Gli orsetti del cuore*» dissi in tono scherzoso.

«*My little pony: L'amicizia è magica* sarebbe più attuale» disse Bethany stringendosi nelle spalle. «Ma certo, anche *Gli orsetti del cuore* vanno bene.»

L'abbracciai forte, nonostante grondasse sarcasmo come sempre. «Ti ringrazio moltissimo per averci aiutati!»

«Ehi, poca confi» mi avvertì Gattavius, arricciando il naso per il disgusto. «Lei è pur sempre un cane.»

«Sei un cane? Come Peter?» chiesi.

Lei annuì: «Posso trasformarmi in pittbull. L'ho fatto qualche volta quando andavo a scuola, per scacciare i bulli. Tipacci prepotenti, altro che i pittbull!» disse con una risatina secca.

«Ora che si fa?» volli sapere.

Bethany sospirò e rivolse lo sguardo alla porta: «Purtroppo devo andare.»

«Ok, ma ci vediamo domani al lavoro, giusto?»

Lei scosse il capo: «Intendo dire che devo lasciare Glendale. Non è più un luogo sicuro, ora che l'esistenza della magia è venuta alla luce.»

Era triste che dovesse andarsene, ma capivo la sua posizione: «E che mi dici di Peter e Moss? Se ne andranno anche loro?»

«Peter verrà con me non appena avrò pagato la cauzione. Moss, invece... Beh, lui resterà qui per un po'.»

«Perché? Che cos'è successo?»

«Peter lo ha consegnato alla polizia per difendersi dalle accuse.»

«C'era da aspettarselo» lo sbeffeggiai. Non riuscivo a provare pena né per l'uomo né per il cane, nemmeno ora che il peggio era passato.

«Lo porterò in Georgia. Lì c'è, tipo, la capitale del mondo magico.»

«Ad Atlanta?»

«No, in una località molto più piccola di nome Peach Plains.»

«Potresti farmi un favore prima di andartene?»

«Ti aiuterò in ogni modo possibile, ma ricorda che non sono molto brava a usare la magia.»

«Potresti cancellarmi i ricordi?» Speravo davvero che capisse. Ora era la mia unica possibilità.

Bethany mi fissò, confusa: «Perché mai vuoi farlo?»

Mi strinsi nelle spalle, anche se avevo già preso la mia decisione e sapevo che non sarebbe cambiata: «Preferivo quando il mondo era più semplice e sensato. Poiché la magia uscirà comunque dalla mia vita, preferirei non ricordare nulla.»

Bethany ci pensò su per qualche istante, poi annuì: «Ma ti rendi conto che, così facendo, non ricorderai perché riesci a parlare con il tuo gatto? E che, se qualcosa dovesse andare storto di nuovo, non sapresti a chi chiedere aiuto?»

Ci riflettei, ma l'argomentazione non era sufficiente a farmi cambiare idea: «Siamo diventate buone amiche. Giusto, Bethany?»

Lei sorrise e mi strinse in un rapido abbraccio: «Certo.»

«Allora di tanto in tanto chiamami. Per accertarti che vada tutto bene.»

«Lo farò» promise lei. «Ora, prima che ci provi, sei sicura di voler dimenticare tutto?»

«Tutto ciò che è legato alla magia, se ti è possibile.»

Bethany sollevò una mano e fece il gesto circolare che avevo visto fare sia a Peter che a Moss. Presto avrei dimenticato ogni cosa.

Guardai le sue dita danzare aggraziate davanti a me. Era sempre stata delicata e aggraziata. Era ironico che potesse trasformarsi in pittbull. Ero lieta di saperlo, anche se quella consapevolezza non sarebbe durata a lungo…

«Ecco fatto!» disse Bethany, fissandomi con espressione curiosa. «Come ti senti ora?»

«Mi sento la testa leggera» risposi, chiedendomi perché tutt'a un tratto avessi le vertigini. «Puoi aprire la finestra, così prendo una boccata d'aria?»

«Certo» disse lei, inginocchiandosi sul comodo giaciglio del bovindo e aprendo le ante. Buffo: non ricordavo di averla invitata, tantomeno di cosa avessimo parlato fino a quel momento.

«Ah, si è rivelata proprio una bella giornata!» disse Gattavius inalando la dolce arietta estiva.

Entrambi ci affacciammo, traendo profondi respiri. Chiusi gli occhi e lasciai che il sole mi accarezzasse il volto. Che giornata perfetta! Non mi ricordavo cosa fosse accaduto, ma mi sentivo felice, e fortunata oltre ogni limite.

«Cosa sta facendo quel gatto?» chiese una voce così vicina da farmi sobbalzare.

«Credi che ci mangerà?» domandò un'altra voce.

«Basta con le domande, voliamo via e cerchiamoci un posto sicuro!» disse una terza voce.

Aprii gli occhi giusto in tempo per scorgere tre gabbiani librarsi in volo dal tetto.

Desideravo ardentemente chiedere a Gattavius se anche lui li aveva sentiti, ma Bethany era ancora lì con noi e non era a conoscenza del nostro segreto.

Ma di una cosa ero certa. Quegli uccelli avevano parlato...

E io avevo compreso ogni singola parola.

Il prossimo libro della serie è ora disponibile.

**Scarica la tua copia di *S.O.S. Rapimento* e
comincia subito a leggere!**

MOLLY E I SUOI LIBRI

CHI È MOLLY FITZ

Tecnicamente, la scrittrice e autrice di best-seller Molly Fitz non è in grado di parlare con gli animali. Questo però non le impedisce di avere conversazioni serie e molto animate con i suoi tre assistenti-scrittori felini.

Molly vive in una sperduta regione selvaggia dell'Alaska insieme a suo bambinə e lo zoo di famiglia. Di tanto in tanto, Molly si arrischia a uscire di casa, se c'è in vista un buon pranzetto o aroma di caffè... o, magari, per incontrare nuovi amici animali.

Scopri di più su Molly e sui suoi libri, e non dimenticarti di iscriverti alla newsletter su **www.raccontimiciosi.com**.

* * *

UN DETECTIVE CON LE VIBRISSE

Angie Russo si è messa in società con il primo gatto parlante investigatore di Blueberry Bay, Gattavius, che, insieme alla sua banda un po' sgangherata di aiutanti animali e umani, risolverà ogni mistero... a patto che questo non interferisca con le sue abitudini. Comincia con il primo libro della serie, **_Il segreto del gatto_**.

LE AVVENTURE MAGICHE DI MERLINO

Gracy Springs non è una maga... ma il suo gatto, sì! Adesso, però, Gracy deve mantenere il segreto, altrimenti rischia di passare il resto della vita in una prigione magica. Grossi guai sembrano attenderli a ogni passo. Comincia con il primo libro della serie, **_Merlino sceglie un famiglio_**.

... E TANTE ALTRE NOVITÀ IN ARRIVO!

* * *

CONNETTITI CON MOLLY

Se sei alla ricerca di una community di lettori stravaganti, che amano gli animali tanto quanto i libri, allora non c'è dubbio: saremo amici!

Segui **la mia pagina Facebook**: www.facebook.com/raccontimiciosi

Iscriviti alla mia **newsletter** e riceverai un pacchetto gratuito in formato digitale, tutte le ultime novità e aggiornamenti e, nelle occasioni speciali, omaggi pensati apposta per gli appassionati: www.raccontimiciosi.com/iscriviti